... LEFRANC,

... UNIVERSITÉ

CICÉRON.

Des Devoirs.

PARIS.

TRAITÉ
DES DEVOIRS

PAR CICÉRON,

TRADUCTION DE J. L. BURNOUF.

NOUVELLE ÉDITION

PRÉCÉDÉE D'UNE INTRODUCTION, D'UNE ANALYSE DÉVELOPPÉE ET D'APPRÉCIATIONS PHILOSOPHIQUES ET CRITIQUES,

Par **ÉMILE BURNOUF**,

PROFESSEUR AGRÉGÉ DE PHILOSOPHIE DE L'UNIVERSITÉ.

PARIS.

IMPRIMERIE ET LIBRAIRIE CLASSIQUES

DE **JULES DELALAIN**,

IMPRIMEUR DE L'UNIVERSITÉ,

RUES DE SORBONNE ET DES MATHURINS.

M DCCC L.

CICÉRON.

DES DEVOIRS.

OUVRAGES PHILOSOPHIQUES

PUBLIÉS A LA MÊME LIBRAIRIE :

Xénophon. Mémoires sur Socrate, traduction de *J. B. Gail*, précédée d'une analyse développée et d'appréciations critiques, par *M. L. Barré*, ancien professeur de philosophie de l'Université; grand *in*-18.

Cicéron. Traité des Devoirs, traduction de *J. L. Burnouf*, précédée d'une analyse développée et d'appréciations critiques, par *M. Emile Burnouf*, professeur agrégé de philosophie de l'Université; grand *in*-18.

Bacon. Extraits du Novum Organum, relatifs à la méthode, à l'expérience et à l'induction, traduction nouvelle précédée d'une analyse développée et d'appréciations critiques, par *M. Emile Burnouf*; grand *in*-18.

Descartes. Discours de la méthode, précédé d'une analyse développée et d'appréciations critiques, par *M. E. Lefranc*, professeur agrégé de l'Université; grand *in*-18.

Logique de Port-Royal, précédée d'une analyse développée et d'appréciations critiques, par *M. L. Barré*; grand *in*-18.

Bossuet. Traité de la connaissance de Dieu et de soi-même, précédé d'une analyse développée et d'appréciations critiques, par *M. E. Lefranc*; grand *in*-18.

INTRODUCTION.

Lorsque Cicéron écrivit son traité *des Devoirs*, la science morale avait reçu chez les Grecs tous ses développements. Après Socrate, qui, disait-on, avait fait descendre la philosophie du ciel sur la terre, c'est-à-dire qui l'avait ramenée à l'observation de la réalité, Platon et Aristote avaient non-seulement posé les principes de la morale, mais encore écrit sur ce sujet plusieurs grands traités. L'un et l'autre avaient proclamé la loi du devoir : elle fut aussi proclamée par leurs successeurs. Toutefois les opinions ne tardèrent pas à se partager : deux grandes écoles rivales attirèrent à elles les esprits, celle d'Épicure, qui enseignait la morale du plaisir, et celle de Zénon[1], qui développait dans toute leur austérité les traditions socratiques; on peut, pour la morale, placer entre ces deux écoles la doctrine moyenne de la nouvelle Académie, qui professait le probabilisme[2]. Le choix entre ces trois doctrines n'était pas douteux pour une âme aussi grande que celle de Cicéron : il repoussait la doctrine corruptrice du plaisir; la probabilité en matière de morale laissait trop de place au doute pour le satisfaire : aussi, quoique élevé à l'école d'Arcésilas et de Carnéade, il les abandonna sur ce point et se rangea du côté des stoïciens. Celui d'entre eux qu'il prit pour modèle fut Panétius, dont le traité de morale lui fournit la matière des deux premiers livres. C'est sa doctrine qui est développée dans le traité *des Devoirs* (*de Officiis*).

1. *Notice biographique sur Cicéron*[3].

Cicéron eut pour mère Helvia; il naquit le 3 janvier, l'an de Rome 647 (106 av. J. C.). Au sortir des études de

1. Ou le Portique, en grec Στόα, d'où vient le nom des stoïciens.

2. La première Académie eut pour fondateur Platon; la moyenne, Arcésilas; la nouvelle, Carnéade.

3. Extraite de la Vie de Cicéron par Plutarque, trad. par J. V. Leclerc.

l'enfance, il suivit les leçons de l'académicien Philon et fréquenta le jurisconsulte Mutius Scévola. Il se livra à l'étude des sciences et des lettres jusqu'au temps de la domination de Sylla, et bientôt après il partit pour Athènes, où il écouta les leçons d'Antiochus et s'attacha de plus en plus aux doctrines de la nouvelle Académie; de là, il se rendit en Asie pour y entendre Xénoclès d'Adramytte, Dionysius de Magnésie, Ménippe le Carien, et à Rhodes Apollonius Molon et Posidonius. A son retour dans sa patrie, Cicéron continua de s'exercer à l'action oratoire et ne tarda pas à acquérir de la célébrité, quoiqu'il vît avec effroi cet abîme de Rome où son nom était perdu.

Questeur en Sicile, c'est à son retour de cette province qu'il plaida contre Verrès et le fit condamner : sa réputation s'accrut, et il fut bientôt recherché de Pompée lui-même. Il fut donc élu préteur et bientôt consul par les grands autant que par le peuple, qui se réunirent alors, dit Plutarque, pour sauver l'État. C'était, en effet, l'époque de la conjuration de Catilina : ce factieux, en l'absence de Pompée et des légions, fut choisi pour chef par la jeunesse débauchée de Rome, et prépara une révolution déjà favorisée par la grande inégalité des fortunes; il brigua donc le consulat, et c'est alors que la faveur se porta sur Cicéron. Le parti de Catilina était soutenu par les tribuns, qui demandaient la création de dix magistrats absolus : Cicéron les força d'abord à se désister de leur proposition, et ne songea plus qu'à déjouer les projets de Catilina. Celui-ci, ayant échoué une seconde fois auprès du peuple, ne cacha plus ses desseins, fit rassembler en Étrurie les anciens soldats de Sylla, sur l'appui desquels il comptait, et tenta de faire assassiner le consul par la main de Céthégus. L'attentat ne réussit pas : le lendemain Cicéron, en plein sénat, bannit Catilina des murs de Rome. Il en sort avec trois cents hommes; la guerre est déclarée; on doit mettre le feu dans les différents quartiers de la ville; c'est alors que ces complots furent dévoilés par les députés des Allobroges, nation que Catilina voulait attirer dans son parti. L'affaire est portée au sénat, qui, sur la proposition de Caton et de Lut. Catulus, malgré l'avis de Cicéron et de César, décrète la mort des coupables; le consul est chargé d'exécuter la sentence. Cicéron les amena l'un après l'autre dans la prison, où ils subirent leur châtiment, et bientôt annonça au peuple qu'*ils avaient vécu* : le soir toutes les rues de la ville furent illuminées, et le consul reçut le surnom de *Père de la patrie*.

Cicéron ne tarda pas à se faire de nombreux ennemis par les sarcasmes qu'il dirigeait contre un grand nombre de citoyens et par les louanges qu'il se donnait à lui-même. Clodius et ses partisans se réunirent pour l'attaquer. Ce jeune noble, insolent et audacieux, venait d'échapper à une condamnation infamante, et Cicéron avait déposé comme témoin contre lui : nommé tribun, il ne songea plus qu'à la vengeance. C'était l'époque du triumvirat de Crassus, de César et de Pompée : poussé par César, Clodius accusa Cicéron d'avoir fait mourir injustement Lentulus et Céthégus; les chevaliers aussitôt prirent des vêtements de deuil, et une foule nombreuse suivait Cicéron accusé; mais ce fut en vain qu'il reçut ces témoignages de leur amitié. Forcé par la prudence à quitter Rome, il en fut bientôt banni par un plébiscite porté sur la demande de Clodius. Cicéron exilé se rendit à Brindes, et de là à Dyrrachium; Clodius brûla ses maisons de ville et de campagne, vendit ses biens et éleva un temple à la Liberté.

Mais, après seize mois, Cicéron fut rappelé par le sénat et reçu avec enthousiasme par les peuples d'Italie. Bientôt Milon tua Clodius, et Cicéron, devenu plus timide qu'autrefois, ne put faire absoudre le meurtrier de son ennemi. Créé augure, il eut à gouverner la Cilicie et à remettre la Cappadoce sous l'autorité de son roi Ariobarzane : il s'acquitta de cette commission avec désintéressement et sagesse, et laissa ces provinces florissantes. A son retour, après avoir séjourné quelque temps à Athènes, il tomba dans Rome au milieu de la guerre civile. En vain chercha-t-il à calmer les fureurs de César et de Pompée : César envahit l'Italie, et Pompée quitta Rome avec les plus illustres personnages; Cicéron, après avoir hésité entre les deux partis, se rendit enfin auprès de Pompée, sacrifiant son intérêt à la justice. De là toute la suite de ses malheurs : ce fut en vain que plus tard il s'éloigna de l'ingrat Pompée et fit sa paix avec César; en vain, retiré dans sa maison de Tusculum, se montra-t-il étranger à la conduite des affaires. Quoique ami de Brutus, il n'eut point de part à la conjuration contre César; mais la robe ensanglantée de César, dit Montesquieu

(*Esprit des Lois*, XI, 15), remit Rome dans la servitude, et un nouveau triumvirat se forma, plus terrible pour Cicéron que Catilina et que Clodius.

La haine d'Antoine, dit Plutarque (15), et l'amour du pouvoir attachèrent Cicéron au jeune César, qui sut le séduire jusqu'à l'appeler son père. Tout-puissant au sénat, Cicéron fit chasser Antoine et décerner à Octave les faisceaux et les droits de la préture; mais il ne s'aperçut pas à temps combien sa vieillesse était abusée par ce jeune homme. En effet, des concessions mutuelles rapprochèrent Octave, Antoine et Lépide : Lépide sacrifia son frère; Antoine, le frère de sa mère; César sacrifia Cicéron. Les proscriptions commencèrent aussitôt, et Cicéron gagna promptement Astura, où il devait s'embarquer pour aller joindre Brutus en Macédoine. Quintus son frère le suivit; mais, forcé de retourner à Rome, il fut arrêté et tué avec son fils. Cicéron passa la nuit sur le rivage, livré à de cruelles incertitudes : c'est là que les meurtriers, Hérennius, centurion, et Popilius, tribun, défendu jadis par Cicéron, arrivèrent suivis de leurs satellites; étonnés à la vue du vieillard, ils se voilèrent le visage; Hérennius seul osa frapper. Cicéron périt à l'âge de soixante-quatre ans : sa tête et ses mains, par l'ordre et sous les yeux d'Antoine, furent attachées à la tribune aux harangues.

Après la victoire d'Actium, César prit pour collègue au consulat le fils de Cicéron : les statues d'Antoine furent abattues, et « ainsi, par une tardive justice, le fils de Cicéron accomplit sur Antoine la vengeance des dieux. »

2. *Analyse du traité* des Devoirs.

Le traité *des Devoirs* est divisé en trois livres, qui contiennent la solution de cinq questions générales : 1° Qu'est-ce que l'honnête? 2° Y a-t-il des degrés dans l'honnêteté des actions, et quels sont ces degrés? 3° Qu'est-ce que l'utile? 4° Les choses sont-elles utiles à des degrés divers? 5° Enfin quand l'utile et l'honnête sont opposés l'un à l'autre, quel parti doit-on prendre? Le premier livre traite des deux premières questions; — le deuxième livre traite de la troisième et de la quatrième; — le troisième livre est tout entier consacré à la dernière question.

Ier LIVRE. Le premier livre du *de Officiis* forme à lui seul les deux cinquièmes de tout l'ouvrage et renferme quarante-cinq chapitres, Cicéron y traite la double question de l'honnête et de ses degrés divers. Après avoir adressé quelques exhortations à son fils Marcus, auquel il envoie son ouvrage, et après lui avoir dit (ch. 2) dans quel dessein il l'a composé pour lui, il en donne (3) la division en trois parties et énonce les trois problèmes qu'il se propose de résoudre : de l'honnête, de l'utile, de la lutte de l'un et de l'autre. — La nature (4) a élevé l'homme au-dessus des autres animaux en lui donnant l'intelligence par laquelle il aperçoit l'enchaînement des causes et des effets, se rapproche de ses semblables, se porte à la recherche du vrai, se montre jaloux de sa liberté, conçoit la mesure, l'ordre, la beauté, à laquelle il doit aspirer sans cesse. Tous ces caractères appartiennent à l'honnête, et de là (5) quatre sources ou quatre formes principales de l'honnêteté : la connaissance de la vérité, la justice, la grandeur d'âme et la modération.

1° Le désir de *connaître* la vérité (6) est naturel à l'homme; mais il faut en craindre les excès et le subordonner toujours à son but principal qui est l'action.

2° Des trois autres sources du devoir (7), la plus féconde est la *vertu sociale*, qui se divise en deux : la justice proprement dite et la bienfaisance. — La première loi de *justice* est de ne nuire à personne ; la seconde, d'user, comme d'un bien commun, de ce qui est à tous, et comme d'un bien propre, de ce qui est à soi : or on n'a rien à soi par la nature ; la première occupation et la loi de l'Etat, voilà l'origine de la propriété ; car nous ne sommes pas nés pour nous seuls. L'injustice consiste ou à faire le mal ou à le laisser faire ; elle vient le plus souvent de la convoitise : on veut être riche (8) pour satisfaire à ses plaisirs, à son amour du luxe, à son ambition : ainsi firent Crassus et César ; on laisse faire le mal (9) par crainte des inimitiés, du travail, de la dépense, par négligence et par égoïsme. La bonne foi est la source de la justice (10) ; cependant on est injuste si l'on nuit en accomplissant sa promesse, comme fit Neptune à l'égard de Thésée. Il est mal aussi (11) de pousser trop loin la vengeance ou d'abuser de la victoire, ou même de ne pas préférer la paix à la guerre. Enfin la foi jurée (13) engage les citoyens envers l'ennemi même :

Régulus en a donné un héroïque exemple. — La *bienfaisance* (14) est une vertu appropriée à notre nature, mais elle exige des précautions : le bienfait peut nuire, il peut dépasser nos ressources, il peut être mal placé; la justice doit donc en régler l'usage. Or il faut aimer ceux qui nous aiment et rendre bienveillance pour bienveillance (15, 16); car cet amour mutuel maintient la grande société humaine, qui est la première de toutes les sociétés; après les devoirs d'humanité (17) viennent ceux qui nous lient à notre patrie, et enfin à notre famille, qui est l'élément premier de la cité, et par elle de la république.

3° La *grandeur d'âme* est la troisième source de l'honnête, et celle qui produit les actions les plus éclatantes; mais elle a besoin d'être réglée (19); sinon, elle dégénère en une dureté farouche, et les stoïciens la définissent bien quand ils disent que c'est la vertu armée pour l'équité; sans elle le courage devient témérité, obstination, ou amour de la vaine gloire. La grandeur d'âme (20) se reconnaît à deux marques; le mépris des choses extérieures et le désir de faire de belles actions conformes à la justice et à l'intérêt public, quelle que soit d'ailleurs sur nous l'opinion des autres hommes. Il est plus commode en effet (21) de se tenir éloigné des affaires, car on évite ainsi bien des fatigues ou des ennuis; mais c'est un devoir, pour ceux qui en sont capables, de s'occuper du bien public; or c'est un préjugé (22) que d'estimer les services militaires au-dessus des services civils : la paix a produit autant de grands citoyens que la guerre; la magnanimité (23) dépend de la force de l'âme et non de celle du corps, et le courage civil exige plus d'application d'esprit et une plus grande intelligence que la bravoure militaire. Ceux qui s'occupent des affaires publiques (25) doivent se donner tout entiers à l'intérêt public, comme le veut Platon, et s'oublier eux-mêmes; ils ne doivent pas travailler pour un parti, mais pour tous les citoyens; enfin ils ont besoin d'autant de douceur que de grandeur d'âme, et ils doivent se rendre accessibles à tous, éloigner d'eux la colère, l'arrogance (26), et montrer toujours une âme égale et sereine.

4° Il reste (27) à parler de la *modération*. A ce chef se rapporte ce que l'on appelle en latin le *decorum* et en grec τὸ πρέπον, c'est-à-dire la bienséance. La vertu est toujours bienséante, et la bienséance elle-même est une partie de la vertu. Comme la beauté du corps (28) consiste dans l'harmonie et la proportion des parties, la vertu aussi n'est parfaite que si elle s'entoure de cette dignité et de cette grâce qui la relèvent aux yeux des hommes : la nature nous ouvre la voie, il faut la suivre et faire que la raison domine sur les appétits désordonnés. En effet, toute action (29) doit être exempte et de témérité et de négligence; or, ce sont les appétits qui nous poussent à l'une et à l'autre, tandis que la raison veut que nous prenions garde même à nos paroles, pour qu'il n'y ait rien en elles qui puisse blesser la convenance. Chacun doit suivre en cela ses propres inclinations (31), non les mauvaises, mais les siennes pourtant : car la bienséance n'est pas parfaite si elle n'est soutenue par le naturel; on doit chercher à se régler soi-même, et non pas vouloir changer de nature ou de caractère, ce qui n'est ni possible ni profitable; car la perfection n'est donnée à personne; mais l'on peut aspirer au mieux. Or il faut (32) avant tout choisir une carrière et ne pas le faire précipitamment; chacun (33) doit tenir compte de sa nature propre, de peur de s'engager dans un genre de vie pour lequel il n'est pas fait; car chaque état a ses devoirs particuliers auxquels on ne peut manquer sans se rendre coupable. Les devoirs diffèrent selon les âges (34) : au jeune homme convient le respect pour ceux qui sont plus âgés que lui et qui lui doivent servir de guides; l'homme plus âgé doit se consacrer au bien de la jeunesse et au service de la république; le magistrat doit veiller au maintien des lois; le particulier doit vivre avec ses concitoyens sur le pied de l'égalité sans bassesse comme sans hauteur. La bienséance (35) se remarque dans les actions, dans les paroles et jusque dans le maintien; elle repousse également les airs mous et efféminés et les manières rudes et grossières; elle commande (36) les agréments à la femme et à l'homme la dignité. La puissance de la parole est grande (37), soit qu'elle s'exerce dans les discours ou dans le langage familier : en cela les préceptes sont les mêmes, quoique l'on ne fasse pas un art de la conversation, et le naturel doit toujours être recherché plus que tout le reste. Dans la conversation, on doit avoir égard aux personnes à qui l'on parle; on doit (38) leur témoigner du respect et de l'affection, ne pas s'emporter contre elles et ne pas se rendre ridicule en parlant trop souvent de soi-même. Il faut maintenant (40) parler de l'ordre et de l'à-propos dans les choses, de cette science du temps que les Grecs appelaient εὐταξία et εὐκαιρία et que les Latins appellent *modestia* et *occasio* : c'est l'art de saisir en toutes choses le moment convenable. Il faut étudier avec soin (41) les actions et le caractère des autres hommes pour agir à leur égard selon la prudence : nous voyons plus clair dans les actions d'autrui que dans les nôtres, et le jugement des autres doit souvent être préféré à notre propre opinion; d'ailleurs (42) nous devons tenir compte aussi des conditions : tel métier est avilissant et ne mérite pas nos respects; d'autres sont plus honnêtes et occupent un rang plus élevé. C'est ainsi (43) que tous les devoirs découlent de l'honnête; mais ils ne sont pas tous égaux entre eux. Nous en avons distingué quatre sortes : les plus importants sont ceux qui nous lient à la société; car la science serait stérile si l'on n'en venait à l'action, et si elle ne devait servir au bien de l'humanité; il faut (44) se bien convaincre que ceux qui consacrent leur vie à la science servent la société, car ils nous éclairent dans notre conduite et nous rendent l'action plus facile. Le bien de la grande association des hommes, voilà le but que chacun doit se proposer.

IIe Livre. Dans le deuxième livre, Cicéron examine « ce qui est utile, ce qui est nuisible, et entre plusieurs choses utiles, laquelle est plus utile qu'une autre ou la plus utile de toutes. » Après avoir déploré (ch. 1 et 2) la chute de la république qui l'a forcé de quitter la tribune, il expose (3) le sujet qu'il va traiter, l'union qui existe entre l'utile et l'honnête; il énumère les divers objets qui nous sont utiles, et il montre (4) que rien n'est plus utile à l'homme que l'homme lui-même par son industrie et par son travail, et que rien aussi (5) ne lui fait plus de mal que les guerres et les séditions. Il faut donc gagner la bienveillance des hommes. La fortune (6), il est vrai, est pour beaucoup dans nos succès et dans nos revers; mais les hommes s'unissent pour lutter contre elle : il y a peu de tyrans (7) qui aient pu vaincre la multitude irritée; aussi la crainte que l'on inspire est une mauvaise garantie du succès, et le mieux est de se faire aimer. Combien d'exemples le prouvent! Denys, Alexandre de Phères, Phalaris, Démétrius, et, à Rome (8),

Sylla. Il faut donc avant tout se faire des amis et inspirer de soi-même une haute opinion. On a traité ailleurs de l'amitié; quant à la gloire (9), elle se compose de trois choses : l'amour du peuple, sa confiance, son admiration. On est aimé pour ses bienfaits et pour ses vertus; on obtient la confiance en unissant la prudence à la justice; l'admiration (10) par les grandes qualités qui nous distinguent de la foule. C'est la justice (11) qui excite chez la multitude les plus vifs transports; cette gloire commence par la réputation de probité qui est nécessaire à tous; il faut (13) dès son jeune âge travailler à l'acquérir par la modestie et par les études domestiques; plus tard (14) c'est par l'éloquence que l'on y arrive le plus sûrement, et alors il vaut mieux s'attacher à défendre l'opprimé qu'à accuser le coupable; quant à l'innocent, il ne faut jamais parler contre lui. La bienfaisance (15) aussi est un des moyens les plus sûrs de nous attacher les autres hommes : or on les aide par ses services ou par son argent; les services sont plus dignes d'une grande âme; et, quant (16) aux simples dons, il faut toujours distinguer le prodigue du libéral, et, d'une autre part (17), éviter le soupçon d'avarice : une largesse bien entendue nous met à l'abri de ce reproche; mais (18) un bienfait mal placé, dit Ennius, je l'appellerais un méfait. Les simples services (19) peuvent être rendus soit à l'État, soit aux particuliers : ainsi le magistrat aide les hommes de sa science, de ses conseils et de sa parole; mais prenez garde (20) que ces services doivent être désintéressés, et qu'il ne faut point faire acception du riche ou du pauvre. Il ne faut pas non plus (21) rendre au peuple des services apparents au détriment de la république : quoi de plus funeste, par exemple, que de proposer le partage des terres pour acquérir par là de la popularité? Le désintéressement (22) n'est-il pas la plus louable des vertus civiles et la plus propre à gagner les cœurs? N'est-ce pas (23) la chaleur des Gracques à soutenir les lois agraires qui les a perdus? Aratus de Sicyone se conduisit plus sagement quand il paya lui-même les dettes de ses concitoyens et par là les sauva de la guerre civile. Il faut donc veiller (24) à ce que dans la république il ne se contracte pas de dettes qui la mettent en danger, et à ce que les recouvrements s'opèrent avec régularité. « Ceux qui accomplissent de tels devoirs procurent à l'État les plus grands avantages et acquièrent eux-mêmes beaucoup de crédit et de gloire. »

IIIe LIVRE. Cicéron (1) déplore son éloignement des affaires et le triste état de la république, et il répète à son fils que c'est là la cause pour laquelle il a entrepris d'écrire; puis il revient à son sujet (2) et annonce qu'il va parler des rapports de l'utile et de l'honnête, sujet omis par Panétius. Une union étroite (3) existe entre ces deux principes; mais ils sont quelquefois séparés dans la pratique de la vie, où nul homme (4) ne peut atteindre à la vertu parfaite : au-dessous du devoir absolu se trouvent d'autres devoirs dont la nature ne nous apparaît pas toujours avec certitude, et c'est là que l'utile et l'honnête semblent souvent opposés l'un à l'autre. Voici donc (5) la règle qu'il faut suivre : le mal fait à autrui nous est plus préjudiciable que la douleur, que la pauvreté, que la mort. Il détruit l'association qui unit les hommes et, les tenant séparés, les pousse à leur perte; c'est pourquoi les lois veillent au maintien du pacte social, et punissent le coupable qui l'attaque et qui agit ainsi contre la nature et contre le droit. La nature (6) veut, en effet, que l'individu confonde son intérêt avec l'intérêt général et qu'il n'usurpe jamais sur le droit des autres; car un tel mal attaque la société même sans épargner l'individu. Il faut donc accorder (7) que rien, excepté l'honnête, n'est désirable en soi, ou du moins que ce qu'il y a de plus désirable, c'est l'honnête. Quand l'utile (8) paraît déshonnête, le choix n'est pas douteux, car, après examen, on reconnaît qu'une action honteuse n'est jamais utile, puisque la punition suit toujours le mal, qu'elle soit infligée par les lois ou seulement par la conscience; dans ce cas d'ailleurs le doute seul est coupable, et il est déjà honteux de balancer entre le bien et le mal : l'homme de bien n'hésiterait pas (9), eût-il l'anneau de Gygès et dût-il demeurer caché aux dieux mêmes. Mais (10) souvent il n'est pas certain que telle action utile doive être honteuse : le bien public et les intérêts privés se balancent à nos yeux; l'amitié nous entraîne et obscurcit parfois la justice : mais il est évident que l'équité doit être préférée à l'amitié même. Que de fautes en politique (11) commises pour des erreurs de cette sorte! Mais aussi il y a des actes admirables où l'apparence de l'utilité publique a été sacrifiée à l'honneur. Qu'il demeure donc établi (12) que rien de ce qui est honteux n'est jamais utile, quel qu'en soit d'ailleurs le succès. Ainsi (13) le vendeur ne doit pas tromper celui qui achète, quoiqu'il en retire un plus grand bénéfice; la simple réticence est blâmable (14); il faut bannir de la vie les faux semblants et la dissimulation et agir toujours *d'après la bonne foi* : car (15) il n'est jamais vraiment utile de mal faire, puisque cela est toujours honteux. Les lois (17) et les philosophes combattent la ruse : les lois dans les seuls actes publics, les philosophes en elle-même et partout où elle se cache, dans le droit des gens comme dans le droit politique et dans le droit civil, puisqu'il ne faut jamais lever tribut sur l'ignorance d'autrui. Quand on sépare (18) l'utile de l'honnête, on ne tarde pas à se permettre toutes les fraudes pourvu que l'on demeure impuni. Mais (19) faudra-t-il manquer une bonne affaire? non, il faut seulement comprendre qu'une affaire n'est ni bonne ni avantageuse quand elle est injuste. Mais enfin (20), un grand intérêt ne peut-il pas excuser certaines fautes? il n'y a qu'une seule règle : c'est de s'assurer que la chose que l'on croit utile n'est pas honteuse, et, si elle est honteuse, c'est de se persuader qu'elle n'est pas utile; l'ambition (21) n'excuse pas le crime; le triomphe du tyran ne lui donne pas même la sécurité. Fabricius (22) n'accueillit pas le transfuge qui trahissait Pyrrhus, son roi, et l'utilité apparente ne prévalut pas à ses yeux contre la justice. Les cas, en effet (23, 24), sont rarement douteux pour qui met l'utile avec l'honnête : le droit de l'humanité est supérieur à tous les autres droits, il délie même des promesses imprudentes. Le droit de la patrie vient après; et ainsi se résolvent (25) les subtilités et se dissipent les doutes : le courage et la grandeur d'âme de Régulus ont montré où était la vraie utilité, quoique l'apparence la fît voir ailleurs; car (27) il agit pour le bien public et par là pour son propre bien. On renverse les lois de la nature (28) en séparant l'utile de l'honnête : où est l'homme, en effet, qui ne coure après l'utilité? Et que devient la justice si l'utilité lui est contraire? Mais, dira-t-on, l'on échappe peut-être à Jupiter. Sans doute Dieu ne s'irrite jamais et jamais il ne nuit. Mais la honte que l'on s'inflige à soi-même est la plus grande de toutes les punitions : oui (29), la colère céleste est une chimère; mais la foi jurée, mais la justice en est-elle une? Régulus affirme que la douleur n'est pas un mal : qui pourra le récuser? Mais la foi jurée engage toujours; la guerre même a ses lois, et le vrai mal est de manquer à ses serments. Régulus (30) fit donc une action à la fois juste et utile et digne de notre admiration. C'est ainsi (32) qu'en présence de l'honnête, le fantôme de l'utile s'évanouit. Enfin (33) l'utile n'est pas non plus là où n'est pas la bienséance, la modération, la tempérance, la retenue : ni les doctrines d'Aristippe[1], ni même celles d'Epicure, ne peuvent prévaloir contre cette vérité. Le bien n'est pas dans la volupté, non plus que le mal n'est dans la douleur ; l'honnêteté n'admet pas une telle union, elle la repousse et ne se forme pas du mélange de ces éléments incompatibles : le plaisir ne peut être qu'un assaisonnement aux choses de la vie ; il peut avoir l'apparence de l'utile, mais il n'a aucun commerce avec la justice.

3. *Examen critique du traité* des Devoirs.

Nous avons donné une analyse étendue des trois livres *des Devoirs* pour mettre sous les yeux du lecteur un résumé complet des matières qui y sont traitées et pour en rendre la critique et l'appréciation plus faciles. Or, ce qui résulte le plus clairement de cette analyse, c'est que l'ouvrage de Cicéron n'est pas un traité complet de morale, mais une suite de considérations et de préceptes enchaînés les uns aux autres et réunis sous trois titres également liés entre eux.

En effet, nous avons coutume de distinguer trois ordres de devoirs, envers Dieu, envers les autres hommes et envers nous-mêmes, et de donner pour cela aux diverses parties de la science morale les noms de morale religieuse, de morale sociale et de morale individuelle. Dans le traité qui nous occupe, Cicéron ne parle en aucune manière de nos devoirs envers Dieu et ne dit presque rien des devoirs de l'homme envers lui-même. Est-ce donc un traité particulier de morale sociale? Nous distinguons aussi dans cette partie de la science trois sortes de devoirs : nos devoirs de famille, nos devoirs de citoyen, et enfin nos devoirs envers l'humanité, qui sont les premiers et les plus généraux. Or, les devoirs envers la famille, Cicéron en parle comme en passant et seulement

1. Chef de l'école de Cyrène.

autant qu'il est nécessaire pour que l'on comprenne quels liens unissent la famille à la république, et que l'on ne peut attaquer l'une sans porter atteinte à l'autre; il ne traite pas non plus expressément des devoirs généraux qui obligent tout homme envers l'humanité par cela seul qu'il en porte le caractère auguste; mais il ne les néglige pas non plus tout à fait, parce que ces devoirs ont souvent un rapport étroit avec ceux qui nous obligent les uns envers les autres comme enfants d'une même patrie. Ainsi donc le traité *des Devoirs* a pour objet propre les devoirs de l'homme envers l'État, et presque toujours Cicéron y considère l'homme dans ses relations avec ses concitoyens. Il fixe le but auquel il doit tendre, les devoirs que cette condition lui impose, les vertus civiles qu'il doit s'efforcer d'acquérir : c'est là le sujet du premier livre; dans le second, l'utilité que Cicéron envisage est celle que peut ou doit rechercher l'homme dans ses rapports avec ses semblables comme membre d'une même cité, comme citoyen d'une même république; et le troisième livre a pour objet de résoudre les contradictions apparentes des devoirs et des intérêts des citoyens.

Pour bien apprécier la nature et la valeur du traité *des Devoirs*, il faut considérer par quel homme et pour qui il a été composé. Cicéron avait soixante-deux ans lorsqu'il écrivit cet ouvrage; César venait de périr. A cette époque la vie des Romains était presque tout entière occupée par les affaires publiques, et c'est dans les devoirs du citoyen que venaient s'unir et se confondre les devoirs de l'homme envers lui-même et envers Dieu; les liens de la famille, si puissants dans l'antiquité romaine, sans se relâcher alors, étaient principalement considérés comme indispensables au maintien de la société civile et comme en étant la vraie force; les grands principes d'humanité, dont les Romains, il faut bien le dire, s'étaient montrés moins jaloux dans leur conduite que dans leurs discours, étaient invoqués moins pour eux-mêmes que parce que les discordes civiles leur portaient atteinte et que leur affaiblissement marquait une décadence de la morale publique. C'est au sein d'une telle société que fut écrit le traité *des Devoirs :* celui qui le composa était l'un des hommes qui avaient le plus longtemps pris part aux affaires publiques et défendu avec le plus de courage les mœurs sévères des anciens temps, la république menacée et chancelante; c'était l'homme qui, malgré les ridicules que l'on reprochait à sa personne, avait montré, au milieu des troubles civils et au faîte de la puissance, le modèle le plus accompli du grand citoyen : les mêmes principes l'avaient guidé dans sa vie publique et loin des affaires, et, dans un temps où l'on pouvait tirer à honneur d'être exempt de vices, il avait paru presque sans défauts. Cicéron adressa son ouvrage à son fils : Marcus était alors à Athènes, où il étudiait la philosophie à l'école de Cratippe; ce jeune homme, qui déjà se distinguait parmi ceux de son âge, avait à soutenir le nom glorieux de son père, et, s'il ne pouvait aspirer comme lui à sauver la république qui n'existait plus, il n'en avait pas moins une carrière politique à remplir, et par conséquent des devoirs de citoyen qu'il ne pouvait violer sans se rendre indigne de celui qui avait mérité le surnom de Père de la patrie. Cicéron lui ouvre la voie et lui montre la lumière qui doit le guider à son tour comme elle l'a guidé lui-même. Le traité *des Devoirs* doit donc être envisagé à la fois comme un ouvrage destiné au public et comme l'enseignement d'un père à son fils. Là, en effet, Cicéron développe les lois morales suivant lesquelles tout citoyen doit régler ses actions, s'il veut remplir dignement le poste où sa naissance l'a placé; ses préceptes s'adressent à tous : ce n'est pas seulement le magistrat, le guerrier, l'homme chargé du gouvernement de l'État, qui trouvera dans ces trois livres les principes qui doivent le guider. Tout citoyen, par cela seul qu'il est membre de la cité, contracte des devoirs auxquels il ne saurait se soustraire; ces devoirs, Cicéron les classe, les énumère, les développe, les appuie d'exemples fameux et de l'autorité des plus grands noms. Mais comme il s'adresse particulièrement à son fils, au fils d'un homme nouveau, il est vrai, mais qui a gouverné et sauvé Rome, ses préceptes se rapportent encore plus aux hommes d'un rang élevé dans l'État qu'à la foule qui participe à peine aux affaires publiques. Ce n'est point là un défaut dans l'ouvrage : car nos devoirs s'étendent avec nos relations et deviennent plus impérieux à mesure que notre position s'élève, de sorte que, si la conduite de l'homme public est tracée dans le traité *des Devoirs*, le dernier des citoyens y peut trouver aussi les préceptes que sa condition réclame.

La doctrine morale de Cicéron, ainsi qu'il le déclare lui-même au chap. 4 du IIIe livre, n'est autre que celle des stoïciens : c'est en général la grande morale admise par l'humanité, et que nous nommons la doctrine du devoir, pour l'opposer aux faux systèmes qui font du plaisir le but de la vie humaine ou du sentiment la règle de nos actions. Il ne faut pas chercher dans les ouvrages philosophiques de Cicéron une métaphysique très-profonde ni un système original et nouveau : ses doctrines sont presque toujours empruntées des Grecs, dans les écoles desquels il s'était formé. L'ancienne école de Platon, l'Académie, avait été renouvelée par Arcésilas et plus tard par Carnéade. Les opinions philosophiques de Cicéron sont d'ordinaire celles de la nouvelle Académie, qu'il ne distingue pas de la moyenne; la liberté apparente qu'elle laissait à l'esprit par la doctrine du probabilisme, doctrine qu'Arcésilas le premier avait enseignée, séduisait le génie oratoire de Cicéron, et la plupart de ses écrits philosophiques ne sont qu'une reproduction éloquente des opinions de cette école. Mais en homme politique préférant l'action à la science (liv. Ier, 6), il ne s'inquiétait pas toujours d'être conséquent avec lui-même, et après avoir suivi l'Académie dans la logique et la métaphysique, il l'abandonnait dans la morale pour s'attacher aux doctrines des stoïciens : « En effet, dit-il (liv. III, 4), quoique l'Académie et les péripatéticiens préfèrent l'honnête à ce qui semble utile, il y a plus de grandeur dans le système d'après lequel tout ce qui est honnête est utile, et rien n'est utile de ce qui n'est pas honnête, que dans celui qui admet des choses honnêtes qui ne sont pas utiles et des choses utiles qui ne sont pas honnêtes. »

Tel est, en effet, le grand principe sur lequel paraît reposer tout le traité *des Devoirs*. Si les développements que Cicéron lui donne n'étaient constamment soutenus par le principe supérieur du juste, l'ouvrage n'aurait ni l'autorité ni l'importance qu'il a justement acquises. En effet, les progrès nouveaux de la science n'ont pas maintenu cette union si intime, cette identité de l'utile et du bien que Cicéron professe; les pures doctrines platoniciennes ont été reconnues pour vraies, et la séparation de ces deux principes a été maintenue. L'utile a cessé d'être considéré comme une forme du bien, et on l'a regardé avec raison comme ayant sa première origine dans le plaisir, que Cicéron tient pour naturellement opposé à l'honnête ou du moins pour indifférent. Quand la réflexion se porte sur le plaisir et qu'elle s'applique à ménager et à combiner à l'avance les jouissances à venir, ce n'est plus seulement le plaisir, c'est l'utile, nos prévisions s'étendissent-elles jusque dans la vie future. Il est vrai que la vertu porte avec elle sa récompense et que la satisfaction d'avoir bien fait, comme aussi la honte et le remords du crime, nous montre le bien et l'utile étroitement unis; mais là même ils ne sont pas confondus, car du moment où l'homme recherche le bien pour le plaisir qu'il y doit trouver, le bien lui-même disparaît, l'amour de soi prend la place de l'amour de Dieu : c'est l'égoïsme se cachant sous les dehors de la vertu. Ainsi donc il n'est pas vrai de dire avec Cicéron que l'honnête et l'utile ne sont jamais désunis et que les hommes se trompent quand ils les séparent : au contraire, les hommes en cela ne se trompent pas; ils ne font que vérifier dans la pratique l'opposition naturelle du principe du devoir et de l'intérêt bien entendu. Toutefois les matières sont distribuées par Cicéron dans un tel ordre, que la fausseté du principe ne se retrouve plus dans les conséquences : c'est qu'en effet ces doctrines qu'il développe avec tant de grandeur, et qu'il appuie par des exemples si bien choisis, reposent sur ce principe supérieur dont nous avons parlé, le principe du devoir, sur cette loi du bien qui est le fondement de la morale stoïcienne comme de celle de Platon et d'Aristote, et qui est enfin la seule loi véritable des êtres libres. La séparation du bien et de l'utile est si naturelle, que Cicéron la reproduit sans cesse dans son traité, tandis qu'il proclame à chaque page leur identité absolue. Aussi ce qu'il développe dans son premier livre, c'est uniquement la morale du devoir ; ce qu'il considère dans le second, c'est l'utilité subordonnée à la justice, et réglée par elle; et dans le troisième livre, tandis qu'il cherche à prouver l'union de ces deux principes, il ne fait véritablement que proclamer le règne de l'honnête et montrer que l'utile ne doit jamais être le mobile de nos actions s'il paraît en opposition avec la justice.

Il suit de là que le traité *des Devoirs*, qui semble reposer sur un paradoxe, repose en réalité sur un principe solide et d'une vérité incontestable. C'est cette vérité qui donne aux doctrines stoïciennes développées dans cet ouvrage tant de force et de grandeur; c'est par elle qu'elles échappent à la fausseté du principe auquel Cicéron paraît les ramener comme à leur source. Ces doctrines, conçues dans la pensée éloquente d'un grand écrivain, animées par la foi vive d'un citoyen probe et d'une âme généreuse, reçoivent dans le traité *des Devoirs* une expression qui n'est surpassée que dans les écrits de Platon, son maître. Ces dogmes, en effet, sont ceux de l'humanité même et durent dans tous les temps; ils sont vrais aujourd'hui comme au temps de César, comme au temps de Périclès; de telle sorte que de nos jours l'ouvrage de Cicéron est sans contredit le meilleur et le plus utile que puisse méditer le citoyen, et celui duquel nous pouvons tirer, pour la vie politique et civile où nous sommes placés, les plus sûrs et les plus salutaires enseignements.

4. *Jugements divers sur le traité* des Devoirs.

Tous les écrivains anciens et modernes qui ont parlé du traité *des Devoirs* se sont plu à rendre hommage à son auteur; et l'on ne saurait redire toutes les louanges qu'ils lui ont adressées. Mais un petit nombre seulement ont donné sur cet ouvrage des jugements de quelque étendue. Les trois que nous citons sont rendus à des points de vue divers, avec une égale impartialité; les plus importants sont les deux derniers : nous n'en rapportons que des fragments, en engageant le lecteur à recourir aux auteurs eux-mêmes pour connaître leur pensée toute entière et la haute estime qu'ils font du traité *des Devoirs*.

I.

« Pour ne vous dire qu'un mot des causes qui m'ont porté à vous parler de cette traduction, c'est que suivant la connaissance que j'ai que Dieu s'est autant figuré, avec toutes les vérités de l'ordre de la grâce, dans l'ordre de la nature et dans l'ordre civil, que dans la loi de Moïse, j'avais remarqué dans ses *Offices* une vérité qui regarde la puissance des prêtres, qui me frappa l'esprit, et me fit voir clairement que la raison d'un païen avait mieux vu un principe général, qui regarde toutes les puissances civiles et ecclésiastiques que Dieu a données aux hommes, qu'on ne le voit maintenant dans les écoles; car il faut avouer que Dieu a voulu que la raison humaine fît ses plus grands efforts avant la loi de grâce, et il ne se trouvera plus de Cicérons ni de Virgiles. C'est donc cela qui m'a porté à faire traduire ces *Offices* et à les faire relier avec deux autres traductions de deux auteurs ecclésiastiques qui parlent des mêmes choses dont parlent ces *Offices*, afin que, par la comparaison des uns avec les autres, on pût voir la grandeur de Dieu qui a jeté les fondements, pour ne pas dire seulement qu'elle a tracé les figures des vérités chrétiennes dans les livres païens. »

Jugement de l'abbé de SAINT-CYRAN, rapporté dans les *Mémoires* de Fontaine.

II.

« Parmi les anciens livres de morale, je ne pense pas qu'il y en ait un meilleur à mettre entre les mains de la jeunesse que le traité *des Devoirs* de Cicéron. Il roule entièrement sur la comparaison et la concurrence de l'utile et de l'honnête, qui est en effet pour l'homme social l'épreuve de tous les moments et la pierre de touche de la probité. Il entre, sans diffusion et sans superfluité, dans tous les détails des devoirs de la vie et donne une grande force à la liaison réelle et beaucoup plus étroite et plus essentielle qu'on ne pense communément entre les devoirs de rigueur et les devoirs de bienséance. Il est triste et honteux d'être obligé d'avouer que, sur ce point important, les anciens étaient plus sévères et par conséquent plus judicieux que nous. Ils avaient senti combien c'est une grande loi morale et sociale que de se respecter soi-même devant les autres et de respecter les autres à cause de soi, dans les paroles et dans tous les dehors dont l'homme est le juge et le témoin, quand Dieu seul est le juge de l'intérieur....

« Aucun ancien n'a mieux vu ni mieux développé l'accord des principes de la raison avec ceux de l'ordre social, et c'est un des plus puissants moyens dont il se sert pour rectifier cette fausse notion et même cette fausse dénomination d'*utile*, vulgairement attribuée par chacun à son intérêt particulier. Il démontre que ce qui tend à détruire l'harmonie du corps social dont nous sommes membres ne peut en effet nous être utile; et cette théorie, qui est indiquée par Platon, est si puissamment conçue et éclairée par Cicéron, qu'on peut dire qu'elle lui appartient..... Jamais d'ailleurs Cicéron ne tombe dans les conséquences outrées; il se demande s'il sera quelquefois permis de sacrifier à la chose publique la modération et la modestie. Il répond décidément : Non, jamais; pas même pour le salut de la patrie! Mais s'il s'agit d'un cas où la chose publique est évidemment menacée de sa ruine, son intérêt est avant tout autre devoir, puisque tous les devoirs ne vont qu'à la conserver. Cicéron est d'accord avec tous les moralistes, non pas avec tous les politiques, sur le choix des meilleurs moyens de maintenir le pouvoir; il prononce sans balancer : Rien de plus favorable au maintien du pouvoir, que l'amour; rien de plus contraire que la crainte; il n'y a point de pouvoir qui résiste à la haine universelle. — Il trace la règle des intérêts pécuniaires et mercantiles; et il résulte, de tous les exemples qu'il propose, cette grande vérité usuelle et pratique, que la probité, pour être complète, doit aller jusqu'à la délicatesse : car l'acheteur ne doit rien ignorer de ce que sait le vendeur, sans quoi le marché n'est pas égal, et il doit l'être dans les principes de la société humaine. »

LA HARPE, *Lycée*, t. III.

III.

« Cicéron avait proclamé si hautement dans sa *République* les dogmes de sa conscience, que, dans une lettre à Atticus, il appelle les six livres dont cet ouvrage était composé des gages qu'il avait donnés à sa patrie, et sur lesquels il n'oserait jeter les yeux s'il était capable d'oublier ses propres leçons. Il continue, dans les *Lois*, de traiter le même sujet, et l'origine de la loi est toujours pour lui le volonté du Dieu suprême. Ces deux ouvrages contiennent donc sa doctrine, et le traité *des Devoirs* nous représente sa pratique. Il a tracé dans celui-ci les devoirs de l'homme, ou la règle d'une vie conforme aux divins principes qu'il s'est efforcé d'établir dans les deux autres. Aussi renvoie-t-il souvent son lecteur à ces deux ouvrages, comme au fondement de tout son système. Les trois livres *des Devoirs* sont un de ses derniers écrits, composé particulièrement pour l'instruction de son fils, à qui il l'adresse comme le recueil des maximes par lesquelles il s'était gouverné, et qu'il lui laissait, vers le déclin de sa vie, pour lui servir de modèle. Si les chrétiens n'ont point de lumière à tirer de sa théorie morale et de l'application qu'il en fait aux diverses circonstances de la vie humaine, ils peuvent y trouver du moins pour leur propre conduite un juste sujet de reproche. La doctrine qu'il enseigne à son fils est cette loi dont parle saint Paul, *tracée par la nature dans le cœur des Gentils*, pour les guider au travers de l'ignorance et des ténèbres dont ils se plaignaient eux-mêmes, jusqu'au temps d'une plus parfaite révélation des volontés divines. Ce système, tel que Cicéron l'expose, est assurément le plus complet qui ait jamais été connu du monde idolâtre. C'est le plus grand effort que la nature humaine ait pu faire pour s'élever vers la fin qui lui convient, vers ce bien suprême qui est l'objet de sa destination. Érasme, en contemplant les sublimes vérités qui venaient d'un païen, ne doutait pas que le cœur d'où elles étaient sorties n'eût été inspiré de Dieu même. »

J. V. Leclerc, *OEuv. compl. de Cic.*, I.

TRAITÉ
DES DEVOIRS.

LIVRE PREMIER.

De l'honnête, de ses sources, des devoirs qui s'y rapportent.

I. Sans doute, mon cher fils[1], depuis un an que vous entendez les leçons de Cratippe, et cela encore à Athènes, vous puisez à leur source les préceptes et les règles de la philosophie chez un maître et dans une ville également célèbres, dont l'un vous offre les trésors de la science, l'autre les enseignements de l'exemple. Cependant, l'utilité que j'ai trouvée à unir toujours les lettres latines avec les lettres grecques, non-seulement en philosophie, mais encore dans les exercices oratoires, je pense que vous devez la rechercher aussi, afin d'acquérir dans l'une et dans l'autre langue une égale facilité. Sous ce rapport, je crois avoir rendu un grand service à mes concitoyens, à ce point que ceux qui savent le grec, aussi bien que ceux qui l'ignorent, croient avoir gagné quelque chose et pour l'art de parler et pour celui de juger. C'est pourquoi vous étudierez sous le prince des philosophes de ce siècle aussi longtemps que vous le voudrez, et vous devez le vouloir tant que vous aurez lieu d'être content de vos progrès. Toutefois, en lisant mes ouvrages qui ne s'éloignent guère de ceux des péripatéticiens, puisque nous reconnaissons Socrate et Platon pour nos maîtres, usez de toute la liberté de votre jugement sur le fond : c'est un droit que je ne vous conteste pas. Au moins y apprendrez-vous à enrichir votre style de toutes les

1. Le fils de Cicéron avait à cette époque vingt ans; il était né sous le consulat de L. Julius César et de C. Marius Figulus, l'an de Rome 689, avant J.C. 64. Le traité des Devoirs, commencé par Cicéron sous le cinquième consulat de C. J. César et sous celui de M. Antoine, fut terminé après la mort de César, l'an de Rome 709, 44 ans avant J. C.

ressources de la langue latine. Ici on ne doit pas m'accuser de vanité; car si je le cède à plusieurs pour ce qui regarde la philosophie, je crois que, pour les qualités qui appartiennent à l'orateur, c'est-à-dire la justesse, la netteté, l'élégance, comme j'en ai fait l'étude constante de toute ma vie, je suis dans mon droit en les revendiquant comme mon domaine. Je vous exhorte donc, mon cher fils, à lire avec soin mes ouvrages, non-seulement mes discours, mais encore mes traités philosophiques, dont le nombre égale presque celui des premiers. Sans doute, le langage est plus animé dans les discours; mais il faut aussi cultiver ce genre de style égal et tempéré. Je ne vois chez les Grecs aucun écrivain qui ait eu l'idée de s'exercer à la fois à l'éloquence du barreau et à cette autre éloquence plus tranquille de la discussion philosophique, si ce n'est peut-être Démétrius de Phalère, dialecticien habile, orateur peu véhément, mais ayant cependant assez de douceur pour qu'on reconnaisse en lui un disciple de Théophraste. C'est aux autres à juger jusqu'à quel point j'ai réussi dans les deux genres; ce qu'il y a de certain, c'est que je les ai cultivés tous les deux. Je pense toutefois que si Platon avait voulu s'appliquer à l'éloquence du barreau, il aurait pu parler avec force et avec abondance; je pense aussi que si Démosthènes eût continué de cultiver les connaissances qu'il avait reçues de Platon, et qu'il eût voulu les exposer, il se serait distingué par l'éclat et l'élégance de sa parole. Je porte le même jugement sur Aristote et sur Isocrate, qui, se renfermant dans le genre qui leur plaisait, ont négligé de s'occuper de l'autre.

II. Dans la résolution où j'étais de vous adresser maintenant quelque ouvrage et beaucoup d'autres par la suite, j'ai voulu commencer par celui qui convenait le mieux à votre âge et à mon autorité. Parmi les questions graves et utiles que renferme la philosophie, et que les philosophes ont discutées avec soin et avec abondance, je n'en vois pas de plus vaste que les règles et les préceptes qu'ils nous ont laissés sur les devoirs. Aucune partie de la vie, affaires publiques et particulières, civiles et domestiques, engagements qu'on prend avec soi-même, ou que l'on contracte avec un autre, aucune partie de la vie, disons-nous, n'est exempte du devoir. C'est à pratiquer le devoir que consiste l'honnêteté de la vie, comme c'est en le négligeant qu'on s'expose à la honte. Aussi est-ce là un sujet commun à tous les philosophes. Quel est l'homme, en effet, qui oserait se dire philosophe, s'il ne donnait aucun précepte de morale. Mais il y a certaines écoles qui, par la définition qu'elles donnent des biens et des maux, bouleversent tout. Car celui qui sépare le souverain bien de la vertu, qui le mesure sur ses intérêts et non sur l'honnêteté, celui-là, s'il est d'accord avec lui-même, si la bonté de sa nature ne l'emporte sur la fausseté de sa théorie, ne peut jamais pratiquer ni l'amitié, ni la justice, ni la générosité. Il ne sera jamais courageux celui qui fait de la douleur le souverain mal, ni tempérant celui qui fait de la volupté le souverain bien. Quoique ces propositions soient si évidentes par elles-mêmes qu'elles n'aient pas besoin de discussion, cependant je les ai discutées dans un autre ouvrage.

Ces écoles, si elles veulent être d'accord avec elles-mêmes, ne peuvent donc rien dire des devoirs. Les préceptes solides, stables, fondés sur la nature, ne peuvent être donnés que par ceux qui font de l'honnête ou le seul ou le principal objet qu'on doive désirer pour lui-même. C'est un droit qui n'appartient qu'aux stoïciens, aux académiciens, aux péripatéticiens : car le système d'Ariston, de Pyrrhon, d'Hérillus, est repoussé depuis longtemps; toutefois ces trois philosophes auraient le droit de discuter les devoirs, s'ils n'avaient tellement confondu toutes choses qu'il n'y a plus rien qui puisse mener à la connaissance du devoir. Je suivrai donc aujourd'hui et de préférence les stoïciens dans ce traité, non comme traducteur, mais en puisant, selon mon habitude, à leur source, autant et de la manière que je le croirai convenable, d'après mes vues et mon jugement propres. Puisque toute la discussion doit rouler sur le devoir, il faut d'abord en donner la définition. Je suis étonné que Panætius y ait manqué ; car tout corps de doctrine que l'on veut développer avec méthode doit commencer par là, afin que le lecteur comprenne bien quel est l'objet mis en discussion.

III. Toute la matière des devoirs peut se réduire à deux chefs, dont l'un se rapporte à la connaissance des vrais biens, et l'autre comprend les préceptes particuliers qui doivent régler toutes les actions de la vie. Au premier chef appartiennent des questions comme celles-ci : Tous les devoirs sont-ils parfaits ? Y a-t-il des devoirs plus grands l'un que l'autre? et toutes les questions de ce genre. Quant aux devoirs qui sont l'objet particulier des préceptes, ils dépendent sans doute aussi de l'idée qu'on se fait des vrais biens; mais ce rapport est moins apparent, parce qu'ils paraissent toucher de plus près à la conduite ordinaire de la vie. C'est de ceux-là que je traiterai dans cet ouvrage. Il y a encore une autre division, suivant laquelle on distingue les devoirs moyens et les devoirs parfaits. Nous pouvons, je pense, appeler le devoir parfait *rectum* (la rectitude absolue, le bien absolu) : les Grecs le nomment κατόρθωμα, comme ils appellent καθῆκον le devoir moyen. D'après leur définition, ce qui est d'une rectitude absolue est le devoir parfait; le devoir moyen embrasse toutes les actions dont on peut donner une raison plausible. Nos résolutions, selon Panætius, sont déterminées par une triple considération. On se demande si ce qu'il s'agit de faire est honnête ou honteux, et là-dessus l'esprit est souvent partagé entre deux sentiments opposés. On cherche ensuite, ou l'on considère si le dessein qu'on se propose doit, ou non, contribuer au bien-être et aux agréments de la vie; s'il peut nous placer dans une situation de fortune, de crédit, de pouvoir, dont nous puissions tirer avantage pour nous-mêmes et pour les nôtres; délibération qui se rapporte tout entière à l'utile. Un troisième sujet de doute, c'est lorsque ce qui nous semble utile paraît en opposition avec l'honnête. En effet, tandis que l'utilité nous entraîne à elle, en quelque sorte, et que l'honnêteté nous rappelle, l'esprit combattu en lui-même flotte dans une pénible incertitude. Le plus grand défaut d'une division, c'est qu'on y ait omis quelque chose; or, dans celle-ci, deux choses sont omises. D'ordinaire on n'examine pas seulement si une chose est honnête ou honteuse; mais entre deux choses honnêtes, on veut savoir laquelle l'est davantage, entre deux choses utiles, laquelle est la plus utile. Ainsi ce que Panætius a cru n'embrasser que trois parties en contient réellement cinq. Nous avons donc à parler d'abord de l'honnête, mais sous un double aspect, ensuite de l'utile sous un aspect également double, enfin de la comparaison de l'utile et de l'honnête.

IV. Et d'abord la nature a donné à tout être animé un instinct qui le porte à se conserver, à défendre sa vie, son corps, à éviter ce qui paraît nuisible, à chercher et à se procurer ce qui est nécessaire pour vivre, comme la nourriture, le couvert, et les autres choses semblables. C'est encore un trait commun à tous les animaux que le désir mutuel qui les rapproche dans l'intérêt de la reproduction, et le soin qu'ils prennent de ce qu'ils ont mis au monde. Mais entre l'homme et la bête il y a cette grande différence, que celle-ci, conduite uniquement par les sens, ne reçoit d'impressions que du temps présent et de l'objet qui est devant elle, sans avoir presque aucun sentiment du passé ni de l'avenir; tandis que l'homme, doué de la raison, et par elle apercevant l'enchaînement des choses, les voyant dans leurs causes, dans leur développement, dans ce qui les a précédées, comparant les ressemblances, rattachant l'avenir au présent, embrasse d'une vue facile tout le cours de la vie, et se munit des provisions nécessaires pour en accomplir le voyage. La même nature, à l'aide de la raison, convie les hommes au commerce du langage et de la vie; elle leur inspire cette tendresse toute particulière qu'ils ont pour leurs enfants; elle leur fait aimer et rechercher les assemblées et les réunions de leurs semblables : toutes causes qui les excitent à pourvoir aux besoins et aux commodités de la vie, et cela non-seulement pour eux, mais pour leurs femmes, pour leurs enfants, pour tous ceux enfin qu'ils chérissent, et qu'ils doivent protéger. De tels soins ont encore l'avantage d'aiguillonner les esprits, et de les rendre plus propres à l'action. Mais une des plus nobles prérogatives de l'homme, c'est cette curiosité qui le porte à la recherche du vrai. Aussi, dès que nous sommes libres des affaires et des soins de première nécessité, nous éprouvons le désir de voir, d'entendre, de nous instruire, et la connaissance des secrets et des merveilles de la nature nous semble nécessaire au bonheur : d'où il suit évidemment que la vérité, la simplicité, la candeur, est ce qui convient le mieux à la nature de l'homme. Au désir de connaître la vérité se joint un certain amour de la prééminence, qui fait qu'une âme bien née ne veut obéir à personne, si ce n'est au maître qui la dirige, ou qui l'éclaire, ou au magistrat qui exerce, pour l'utilité commune, un pouvoir juste et légitime : de là naît la grandeur d'âme et le mépris des choses humaines. Ce n'est pas non plus un médiocre privilége de la nature de l'homme et de sa raison, que, seul de tous les êtres animés, il sente ce que c'est que l'ordre, la bienséance, la mesure dans les actions et dans les paroles. Aussi, dans les choses mêmes qui tombent sous le sens de la vue, nul autre animal ne remarque la beauté, la grâce, la justesse des proportions, ce modèle visible, que la nature et la raison transportent des yeux du corps à ceux de l'âme, et qui fait que l'homme tient encore plus à conserver la beauté, la constance et l'ordre dans ses desseins et dans sa conduite ; qu'il se garde de toute action honteuse ou efféminée ; enfin qu'il évite tout désordre dans ses opinions, dans ses actes, dans ses pensées. Tels sont les éléments qui composent et qui constituent cette honnêteté que nous cherchons, qui ne perd rien de son prix pour rester sans gloire, et dont on peut dire avec vérité qu'elle est louable de sa nature, quand même elle ne serait louée de personne.

V. Vous voyez, mon fils, l'image fidèle et comme le portrait de l'honnête, dont la beauté, si elle se manifestait aux yeux, inspirerait, comme le dit Platon, d'ineffables amours. Du reste, il y a quatre sources de l'honnête, et tout ce qui mérite ce nom dérive de l'une d'elles. L'honnête, en effet, consiste ou dans le discernement et la science du vrai, ou dans l'attention à maintenir l'ordre social, en rendant à chacun ce qui lui est dû et en respectant la foi des engagements ; ou dans cette grandeur et cette force qui élève l'âme et la rend invincible ; ou dans cette convenance et cette mesure des paroles et des actions d'où naît la modération et la tempérance. Sans doute, ces quatre principes se tiennent et rentrent l'un dans l'autre ; cependant il naît de chacun d'eux des devoirs particuliers. Ainsi, au principe que j'ai placé le premier dans cette énumération, et qui renferme la sagesse et la prudence, appartient la recherche et la découverte de la vérité, et c'est là comme la fonction spéciale de cette vertu. L'homme qui voit le mieux ce qu'il y a de plus vrai dans chaque matière, qui sait avec le plus de finesse et de promptitude en pénétrer et en expliquer la raison, est justement réputé le plus prudent et le plus sage. La vérité est donc l'objet de cette vertu, et le fonds sur lequel s'exerce, pour ainsi dire, son industrie. Aux trois autres est imposée l'obligation de pourvoir aux besoins de la vie active, qui comprennent le maintien de la société civile, l'agrandissement des fortunes privées, et la recherche pour soi-même et pour les siens de ces avantages où brillent la grandeur et la force de l'âme, quand on les acquiert, et plus encore quand on les méprise. Pour ce qui est de l'ordre, de la constance, de la modération, ces qualités et celles qui leur ressemblent appartiennent à cette classe où l'action est nécessaire, et non pas seulement l'application de l'esprit. En effet, c'est en portant dans les choses de la vie la mesure et l'ordre convenables que nous conserverons l'honnêteté et la bienséance.

VI. Des quatre principes auxquels nous avons rapporté la nature et l'essence de l'honnête, le premier, qui consiste dans la connaissance de la vérité, est celui qui touche le plus intimement à la nature humaine. En effet, nous sommes tous entraînés et conduits au désir de la connaissance et du savoir, et nous croyons qu'il est beau d'y exceller; tandis que nous regardons comme mauvais et comme honteux d'être dans l'erreur et l'ignorance, de se tromper et de se laisser tromper. Mais, dans ce penchant si naturel et si honnête, il y a deux excès à éviter : l'un, c'est de croire comme vrai ce qui ne l'est pas et d'y donner un assentiment irréfléchi; celui qui voudra éviter ce défaut, et tous doivent le vouloir, devra donner à l'examen des objets le temps et le soin nécessaires; l'autre vice, c'est de consacrer trop d'étude et de travail à des questions obscures et difficiles, et qui ne sont pas nécessaires. Quand nous aurons évité ces deux défauts, tout ce que nous consacrerons de travail et de soin à l'acquisition des connaissances honnêtes et dignes de l'homme nous méritera de justes éloges. C'est ainsi que nous savons par l'histoire que C. Sulpicius excellait dans l'astronomie, que nous avons vu nous-mêmes S. Pompeius se distinguer dans la géométrie, beaucoup d'autres dans la dialectique et un plus grand nombre encore dans le droit civil. Toutes ces sciences ont pour objet la recherche de la vérité; toutefois, il serait contre le devoir de négliger les affaires pour se livrer à cette étude. En effet tout le prix de la vertu consiste dans l'action : au reste, l'action laisse souvent des intervalles de repos et permet de revenir à l'étude; ajoutons que l'action de l'âme, qui jamais ne se repose, peut, même sans un dessein prémédité de notre part, nous maintenir dans ces études dont la connaissance est l'objet. En effet, toute pensée, tout mouvement de l'âme doit avoir pour but ou la recherche du parti à prendre sur les choses honnêtes et faites pour contribuer au bonheur de la vie, ou l'acquisition de la science et des connaissances. Voilà ce que j'avais à dire sur la première source du devoir.

VII. Des trois autres principes, il n'en est pas d'une aussi vaste portée que celui sur lequel repose l'ordre social, et cette espèce de communauté où les hommes vivent entre eux. Il se divise en deux parties : la justice, dont la vertu reçoit son plus beau lustre, et qui mérite à ceux qui la pratiquent le nom d'honnêtes gens; et cette compagne de la justice, la bienfaisance, qu'on peut appeler aussi ou la bonté ou la générosité.

La première loi de la justice est de ne nuire à personne, si l'on n'y est forcé par une attaque injuste; la seconde, c'est d'user comme d'un bien commun de ce qui est à tous, comme d'un bien propre de ce qui est à soi. Or, on n'a rien à soi par la nature : toute propriété vient ou d'une ancienne occupation, comme lorsqu'on s'est établi le premier sur une terre sans maître, ou de la victoire, comme les conquêtes faites à la guerre, ou d'une loi, d'un contrat, d'une condition acceptée, ou du sort. De là vient que le territoire d'Arpinum est dit appartenir aux Arpinates, celui de Tusculum aux Tusculans. Il en est de même des possessions particulières. Ainsi, puisque la portion des biens naturellement communs que chacun a reçue en partage est devenue sa propriété, qu'il la garde; celui qui voudra usurper au delà violera le droit de la société humaine. Mais s'il est vrai, comme le dit admirablement Platon, que nous ne sommes pas nés pour nous seuls, mais que notre patrie, que nos amis, ont dans notre naissance un intérêt sacré; si les stoïciens ont raison de dire que toutes les productions de la terre sont faites pour les hommes et que les hommes eux-mêmes ont été créés pour l'utilité de leurs semblables, afin qu'ils pussent s'aider les uns les autres; nous devons en cela prendre la nature pour guide, et ajouter sans cesse au fonds de l'utilité commune par un échange de bons offices, en donnant, en recevant, en employant nos talents, notre industrie, nos richesses, à resserrer les nœuds de la société humaine. Le fondement de la justice est la bonne foi, qui consiste à être sincère dans ses paroles et fidèle à ses engagements. Et ici je vais dire une chose qui semblera peut-être hasardée; cependant osons imiter les stoïciens, qui recherchent curieusement l'origine des mots, et croyons que le nom de la bonne foi (*fides*) vient de ce qu'on fait ce qui est dit (*quia* fiat *quod* dictum *est*).

Il y a deux sortes d'injustice, celle que l'on fait, et celle qu'on laisse faire, pouvant l'empêcher. L'homme qui, poussé par la colère ou par quelque autre passion, en attaque un autre injustement, semble en quelque sorte porter la main sur son associé; et celui qui ne prend pas la défense de l'opprimé, et qui ne s'oppose pas à l'injure, lorsqu'il pourrait le faire, est aussi condamnable que s'il abandonnait sa patrie, ses parents, ses amis. Il arrive souvent que le mal que l'on fait avec réflexion et dans le dessein de nuire vient de la crainte; comme lorsque celui qui songe à nuire à autrui appréhende, s'il ne le fait, d'éprouver lui-même quelque dommage. Mais la plupart des hommes ne se portent aux actions injustes qu'afin de se procurer les objets de leur convoitise : aussi la cupidité est-elle la plus grande source de l'injustice.

VIII. On désire les richesses ou pour satisfaire aux besoins de la vie, ou pour s'en procurer les jouissances. Ceux qui ont l'âme plus élevée aiment l'argent comme un moyen d'augmenter leur crédit et de répandre des largesses. C'est ainsi que naguère M. Crassus disait qu'un homme qui voulait tenir le premier rang dans la république n'avait pas de fortune, s'il ne pouvait nourrir une armée avec ses revenus. On aime aussi les magnificences du luxe et les délicatesses d'une vie élégante et riche. De là vient que le désir d'amasser ne connaît pas de bornes. Ce n'est pas qu'on soit blâmable d'accroître son patrimoine sans nuire à autrui; mais il faut toujours se garder de l'injustice. Or, ce qui le plus souvent porte les hommes à oublier la justice, c'est l'ambition des commandements, des honneurs, de la gloire. Car ce que dit Ennius : « Qu'entre deux rois qui « partagent le même trône, aucun lien n'est sacré, » s'étend bien plus loin. Les avantages que plusieurs ne peuvent posséder en commun excitent tant de rivalités, qu'il est très-difficile que les droits sacrés de l'association demeurent inviolables. C'est ce qu'a prouvé récemment la témérité de C. César, qui a renversé toutes les lois divines et humaines pour arriver à cette grandeur suprême qu'il avait rêvée dans l'illusion de son orgueil. Et ce qu'il y a ici de fâcheux, c'est que cette passion des honneurs, du commandement, de la puissance, de la gloire, s'empare d'ordinaire des plus grandes âmes et des plus nobles génies : nouveau motif pour se tenir en garde contre toute faiblesse de ce genre. Du reste, en fait d'injustices, il importe beaucoup de considérer si elles proviennent de quelque trouble de l'âme, ordinairement court et passager, ou si elles se font de sang-froid et de dessein prémédité. Celles qui sont l'effet d'un emportement subit sont plus légères que celles qui sont réfléchies et préparées. En voilà assez sur les injustices dont on est soi-même l'auteur.

IX. Les injustices que l'on commet, en négligeant de défendre autrui et en désertant ses devoirs, viennent de plusieurs causes : on craint les inimitiés, le travail, la dépense ; ou bien c'est la négligence, la paresse, l'inertie, l'amour des études personnelles, certaines occupations qui nous retiennent et nous font laisser dans l'abandon ceux que nous devrions protéger. Je craindrais donc que ce que dit Platon en l'honneur des philosophes ne soit pas tout à fait assez exact, savoir qu'ils sont justes parce qu'ils se livrent à la recherche du vrai, et qu'ils méprisent et comptent pour rien les objets que la plupart des hommes convoitent si vivement et se disputent avec tant de fureur. Car si les philosophes évitent un tort, celui de ne nuire à personne, ils tombent dans un autre, celui de se laisser arrêter par l'amour de l'étude et d'abandonner ceux qu'ils devraient défendre. Aussi ce philosophe pense-t-il qu'ils ne doivent accepter les charges publiques que forcés. Mais il serait beaucoup plus juste qu'ils les acceptassent volontairement ; car une des conditions de la justice, c'est que le bien qu'on fait soit volontaire. Il en est d'autres qui, par trop d'attachement à leurs intérêts ou par haine des hommes, disent qu'ils ne se mêlent que de leurs affaires pour ne faire d'injustice à personne ; ceux-là encore, en évitant une espèce d'injustice, tombent dans une autre. Ils désertent en effet les devoirs de la vie sociale, parce qu'ils ne consacrent à la société rien de leurs lumières, de leurs travaux et de leurs biens. Ainsi donc, après avoir déterminé deux genres d'injustice et marqué les causes d'où ils proviennent l'un et l'autre, après avoir préalablement établi les principes sur lesquels repose la justice, nous pourrons facilement juger, si nous ne sommes aveuglés par un trop grand amour de nous-mêmes, quel est le devoir dans chaque circonstance. Il est rare qu'on soit touché par l'intérêt d'autrui. Le Chrémès de Térence, il est vrai, pense que rien de ce qui regarde l'homme ne lui est étranger. Toutefois, comme nous sentons plus vivement ce qui nous arrive d'heureux ou de contraire que nous ne sentons les biens et les maux d'autrui, qui ne se montrent à nous que de fort loin, nous jugeons autrement de nous-mêmes et des autres; et ceux-là donnent un excellent précepte qui défendent de faire aucun acte dont on doute s'il est juste ou injuste. L'équité, en effet, brille par elle-même; le doute seul est le signe de l'injustice.

X. Mais il se présente souvent des circonstances où les choses qui paraissent le plus dignes d'un homme juste, de celui que nous appelons honnête homme, changent et prennent un caractère tout opposé, comme, par exemple, de rendre un dépôt, de tenir sa promesse, et en général tous les actes qui intéressent la vérité et la bonne foi, en sorte qu'il est juste quelquefois de sortir des règles prescrites et de ne les pas observer. Il faut remonter alors aux principes que nous avons établis comme les fondements de la justice: d'abord de ne nuire à personne, ensuite d'agir en vue de l'intérêt commun. Lorsque le temps change l'application de ces règles, le devoir change, et n'est pas toujours le même. On peut avoir fait une promesse ou une convention telles, que l'exécution en serait nuisible à celui à qui on a promis ou à celui qui s'est engagé. Pour emprunter un exemple au théâtre, si Neptune n'avait pas fait ce qu'il avait promis à Thésée, Thésée n'eût pas été privé de son fils Hippolyte. De trois souhaits, en effet, le troisième était, dit-on, celui qu'il forma dans sa colère contre les jours d'Hippolyte, et dont l'accomplissement le plongea dans le deuil le plus amer. Il ne faut donc pas tenir les promesses qui seraient funestes à ceux qui les ont reçues; et si un engagement vous apportait plus de préjudice que d'avantages à celui envers qui vous l'avez pris, il ne serait pas contre le devoir que l'intérêt le plus grand passât avant le moindre. Supposons que vous ayez pris jour avec un homme pour l'accompagner devant la justice en qualité de conseil, et que dans l'intervalle votre fils tombe dangereusement malade, vous ne manquerez pas au devoir en ne vous trouvant pas au rendez-vous; celui auquel vous l'avez donné y manquera bien plutôt, s'il se plaint que sa cause est délaissée. Quant aux promesses arrachées par la crainte ou surprises par la ruse, qui ne voit qu'elles n'obligent aucunement? Aussi est-on relevé du plus grand nombre par le droit prétorien, de quelques-unes par les lois. Souvent aussi l'on commet des injustices par un raffinement de légalité et par une interprétation subtile ou plutôt maligne du droit. De là cette maxime passée en proverbe : une extrême justice est une extrême injure. Et en ce genre, les chefs des États méritent souvent des reproches : témoin celui qui, étant convenu d'une trêve de trente jours avec l'ennemi, ravageait la nuit ses campagnes, sous prétexte que la trêve était pour les jours et non pour les nuits. Parmi nos concitoyens, il ne faut pas approuver davantage Q. Fabius Labeo, ou tout autre (car je ne sais le fait que par ouï-dire), s'il est vrai que donné par le sénat pour arbitre aux habitants de Nole et à ceux de Naples pour le règlement de leurs frontières, et s'étant rendu sur les lieux, il engagea séparément les deux parties à mettre de côté toute vue d'ambition et d'agrandissement, et à céder du terrain, plutôt que de vouloir en gagner. Ils y consentirent, et il resta entre les deux peuples un espace libre. L'arbitre leur assigna les limites qu'ils avaient fixées eux-mêmes, et adjugea au peuple romain le terrain abandonné. C'est là tromper et non juger. Aussi faut-il en toute chose fuir cette habileté condamnable.

XI. Il y a encore certains devoirs qu'on est obligé de remplir envers ceux dont on a reçu une injure : la punition, en effet, et la vengeance ont leurs bornes; et peut-être même suffirait-il que celui qui a fait le mal s'en repentît, pour que, dans la suite, il ne fît rien de pareil et que les autres fussent moins empressés à commettre l'injure. C'est surtout dans l'ordre politique qu'il faut respecter les droits de la guerre. Car, comme il y a deux manières de faire valoir ses droits, l'une par la discussion, l'autre par la force, et que la discussion convient à l'homme et la force à la bête, il ne faut jamais en appeler à celle-ci que lorsque tout recours à l'autre est devenu impossible. Aussi ne faut-il jamais entreprendre la guerre que pour vivre en paix à l'abri de l'injure. Après la victoire, il faut épargner ceux qui n'ont été ni cruels ni barbares. C'est ainsi que nos aïeux, vainqueurs des Tusculans, des Eques, des Volsques, des Sabins, des Herniques, allèrent jusqu'à leur accorder le droit de cité; mais ils détruisirent de fond en comble Carthage et Numance. Que n'ont-ils épargné Corinthe! Mais ils furent déterminés sans doute par quelque motif, peut-être par la situation favorable de cette ville; ils craignirent que le lieu lui-même ne devînt plus tard un encouragement à continuer la guerre. Quant à moi, je pense qu'une paix qui ne cachera pas de piéges doit toujours être préférée à la guerre; et en cela, si l'on avait écouté mes conseils, nous aurions encore, sinon la meilleure république, au moins une république, et nous n'en avons plus. Non-seulement il faut ménager ceux qu'on a vaincus par la force des armes; il faut encore accueillir ceux qui déposent le glaive et s'en remettent à la bonne foi du général, le bélier eût-il déjà battu leurs murailles. C'est en quoi la justice a été tellement respectée chez nous, que les vainqueurs qui avaient reçu à composition les cités ou les peuples soumis par la guerre devenaient leurs patrons, selon la coutume de nos ancêtres. Toutes les conditions qui rendent la guerre juste sont admirablement réglées par le droit fécial du peuple romain; et ce droit nous apprend qu'aucune guerre ne peut être juste, si, avant de la faire, on n'a pas demandé satisfaction, si on ne l'a pas déclarée, signifiée au peuple auquel on doit la faire. Popilius occupait une province en qualité de général, et le fils de Caton faisait sous lui ses premières armes. Ce général, ayant jugé à propos de congédier une légion, congédia aussi le fils de Caton qui en faisait partie; mais celui-ci, qui aimait la guerre, étant resté dans l'armée, Caton le père écrivit à Popilius que, s'il souffrait que son fils restât encore sous les drapeaux, il eût à lui faire prêter un nouveau serment militaire, parce que, le premier étant révoqué, il n'avait plus le droit de porter les armes contre l'ennemi : tant on respectait la justice, quand il s'agissait d'entreprendre la guerre. Il existe une lettre du vieux Caton à son fils Marcus; il lui écrit qu'il a appris qu'il a été congédié par le consul, lorsqu'il servait en Macédoine dans la guerre contre Persée, et il l'avertit de bien prendre garde de se trouver à aucun combat, affirmant que tout homme qui n'est pas soldat n'a pas le droit de combattre contre l'ennemi.

XII. J'observe encore ici qu'en donnant à celui que l'on aurait dû appeler *Perduellis* le nom d'*Hostis*, on a tempéré, par la douceur de l'expression, ce que la chose avait de trop dur; car nos ancêtres appelaient *Hostis* celui que nous appelons maintenant *Peregrinus*. Les douze Tables en fournissent la preuve, dans ces expressions par exemple : « Le jour pris avec un étranger; Contre un étranger, on a toujours action. » Que pourrait-on ajouter à une telle générosité? Donner un nom si adouci à celui auquel nous faisons la guerre! Au reste, le temps a rendu plus dure l'acception de ce mot; en effet, il a cessé de s'appliquer à un étranger, pour rester le nom de celui qui porte les armes contre nous. Mais lorsque l'on se dispute l'empire et que l'on combat pour la gloire, la guerre doit être justifiée par les mêmes causes que j'ai d'abord établies comme règles de justice. De plus, la guerre où l'on a pour but la gloire du commandement doit être faite avec moins d'acharnement que les autres. De même que, dans nos contestations avec des citoyens, nous nous conduisons autrement avec un ennemi qu'avec un compétiteur : avec l'un, il s'agit d'une charge, d'une dignité; avec l'autre, il y va de la vie et de l'honneur; de même les Celtibères, les Cimbres, étaient de véritables ennemis, avec lesquels nous faisions la guerre, non pour le commandement, mais pour l'existence. Avec les Latins, au contraire, avec les Sabins, les Samnites, les Carthaginois, Pyrrhus, c'est pour l'empire que l'on combattait. Les Carthaginois furent parjures, Annibal cruel; les autres furent plus justes. Voici les belles paroles de Pyrrhus sur la rançon des prisonniers : « Je ne demande point d'or et vous ne me devez point de rançon; au lieu de faire un trafic de la guerre, livrons-nous des combats. Que le fer, et non l'or, décide de notre vie. Remettons au courage le soin de montrer ce que la fortune souveraine veut faire, si c'est vous ou moi qui devons régner; en même temps, écoutez ces paroles : Ceux dont le sort des combats a respecté le courage, je suis décidé à épargner leur liberté. Je vous les donne, emmenez-les; je vous en fais présent avec l'assentiment des grands dieux. » Voilà des paroles assurément dignes d'un roi, d'un prince du sang des Æacides.

XIII. Les promesses que les citoyens sont forcés de faire individuellement à l'ennemi doivent être observées avec la même bonne foi; c'est ainsi que Régulus, pris dans la première guerre punique par les Carthaginois, ayant été envoyé à Rome pour traiter de l'échange des prisonniers, et ayant fait serment de revenir, commença dès son arrivée par déclarer au sénat qu'il ne fallait pas rendre les prisonniers, et ensuite retourna à Carthage, malgré les instances de ses proches et de ses amis, aimant mieux endurer le supplice que de violer la foi donnée à l'ennemi. Pendant la seconde guerre punique, après la bataille de Cannes, Annibal ayant envoyé à Rome dix des nôtres qui s'étaient engagés par serment à revenir s'ils n'obtenaient pas l'échange des prisonniers faits sur les Carthaginois, ceux d'entre eux qui se parjurèrent furent tous relégués par les censeurs, et pour toute leur vie, dans la classe des tributaires, y compris celui qui s'était rendu coupable d'une interprétation frauduleuse de son serment. Cet homme, qui était sorti du camp d'Annibal avec sa permission, y rentra un moment après, sous prétexte d'avoir oublié je ne sais quoi. Après en être sorti de nouveau, il se prétendit délié de son serment. Et il l'était selon la lettre, mais il ne l'était pas au fond; car, en matière de bonne foi, c'est de l'intention et non des paroles qu'il faut tenir compte. Nos pères donnèrent encore un exemple éclatant de justice envers un ennemi, lorsqu'un transfuge de l'armée de Pyrrhus vint offrir au sénat d'empoisonner ce roi; le sénat et C. Fabricius livrèrent au roi le traître. Ainsi on ne voulut pas obtenir par l'approbation d'un crime la mort d'un ennemi même, d'un ennemi puissant et qui était l'agresseur. Mais en voilà assez sur les droits de la guerre. Souvenons-nous enfin qu'il faut observer la justice, même envers les plus petits. Or, la condition la plus basse est celle des esclaves. Le meilleur conseil qu'on puisse donner, c'est de les traiter comme des mercenaires : en exiger le travail, et leur fournir ce dont ils ont besoin. L'injustice se commet de deux manières, par la violence et par la ruse. La fraude semble être le propre du renard, et la violence le propre du lion; l'une et l'autre répugnent à la nature de l'homme, mais c'est la fraude qui est la plus odieuse. Et de toutes les espèces d'injustice, il n'y en a pas de plus criminelle que celle de ces hommes qui, lorsqu'ils commettent une faute, s'enveloppent de tous les dehors de la probité. En voilà assez sur la justice.

XIV. Il me reste maintenant à parler, comme je me le suis proposé, de la bienfaisance et de la libéralité, celle de toutes les vertus qui est le plus appropriée à la nature de l'homme, mais dont la pratique exige beaucoup de précautions. Il faut prendre garde d'abord que la générosité ne nuise ni à ceux envers lesquels on veut paraître bienfaisant, ni aux autres, et ensuite que nos largesses ne soient pas plus grandes que notre fortune; enfin, il faut savoir donner à chacun selon son mérite, car c'est là le fondement de la justice, à laquelle on doit tout rapporter. En effet ceux qui rendent un service qui doit nuire à celui auquel il semble qu'ils veuillent faire du bien ne font preuve ni de générosité ni de bienfaisance; ils ne sont, au contraire, que de pernicieux flatteurs; et ceux qui nuisent aux uns pour se montrer bienfaisants envers les autres sont coupables de la même injustice que s'ils s'appropriaient le bien d'autrui. Il y en a beaucoup, parmi les hommes avides d'éclat et de gloire, qui dérobent aux uns pour donner aux autres. Ceux-ci croient qu'ils paraîtront bienfaisants pour leurs amis, s'ils les enrichissent de quelque manière que ce soit. Or, cette conduite est si éloignée du devoir, que rien ne lui est plus contraire. Il faut donc faire en sorte que notre bienfaisance soit utile à nos amis, et en même temps qu'elle ne nuise à personne. Aussi L. Sylla et C. César, qui dépouillèrent les maîtres légitimes pour transporter leur fortune à d'autres, n'étaient pas généreux; en effet, il n'y a pas de générosité sans justice. La seconde précaution que j'ai indiquée, c'est que la bienfaisance soit proportionnée à notre fortune. En effet, ceux qui veulent être plus généreux que ne leur permet leur fortune commettent d'abord une première faute, c'est d'être injustes envers leurs proches; car ils transportent à des étrangers ces richesses dont il était plus juste de faire part et de laisser l'usage aux leurs. Il y a ensuite dans une telle libéralité une certaine avidité qui porte à ravir et à enlever injustement des richesses pour fournir aux largesses qu'on veut faire. On voit beaucoup d'hommes, moins véritablement généreux que conduits par la vanité de paraître bienfaisants, qui font de grandes largesses par ostentation plutôt que par bienveillance. Tous ces faux semblants touchent de plus près au mensonge qu'à la libéralité ou à l'honnêteté. La troisième précaution à garder, c'est de faire acception du mérite dans la distribution de nos bienfaits; et en cela il faut avoir égard aux mœurs de celui que nous voulons obliger. Il faut aussi considérer quels sont ses sentiments envers nous, les liaisons et les rapports que nous entretenons avec lui, enfin les services qu'il peut nous avoir rendus. Il est à désirer que toutes ces circonstances concourent ensemble : s'il n'en est pas ainsi, les motifs les plus nombreux et les plus puissants devront emporter la balance.

XV. Mais puisque nous vivons, non pas avec des hommes parfaits et d'une sagesse accomplie, mais avec des hommes dans lesquels on est trop heureux de rencontrer quelque ombre de vertu, je pense qu'il doit être bien entendu qu'on ne doit négliger aucune personne dans laquelle on remarque le moindre signe de mérite, et qu'on doit surtout s'attacher à ceux qui possèdent les vertus douces, comme la modestie et la tempérance, et cette justice dont j'ai déjà tant parlé. Car l'âme grande et forte, dans un homme qui n'est ni parfait ni sage, est ordinairement trop ardente; tandis que les vertus que je viens de nommer paraissent plus faites pour l'honnête homme. Voilà ce que j'avais à dire sur les mœurs. Quant à la bienveillance que l'on a pour nous, le devoir commande d'abord de donner le plus à celui qui nous chérit le plus; mais il ne faut pas juger de la bienveillance par une certaine ardeur d'amitié qu'ont les jeunes gens, mais bien par la constance et la solidité. Si cependant quelqu'un a des droits à notre reconnaissance, et qu'il s'agisse plutôt de lui rendre que de lui donner, il faut y mettre plus d'empressement; car il n'est pas de devoir plus impérieux que celui de la reconnaissance. Que si Hésiode commande de rendre avec usure, si vous le pouvez, les choses que vous avez empruntées, que ne devons-nous pas faire lorsque nous sommes prévenus par un bienfait? Ne devons-nous pas imiter les champs fertiles qui rendent plus qu'ils n'ont reçu? En effet, si nous ne balançons pas à obliger ceux de qui nous espérons retirer quelque service, que ne devons-nous pas être envers ceux qui nous ont déjà servis? Comme il y a deux espèces de libéralité, l'une qui consiste à donner et l'autre à rendre, il dépend de nous de donner ou de ne pas donner; mais ne pas rendre, quand on le peut faire sans injustice, c'est ce qui n'est pas permis à l'honnête homme. Il est toutefois des différences entre les bienfaits qu'on a reçus, et il n'y a pas de doute que les plus grands n'exigent plus de reconnaissance; et en cela, il faut examiner surtout dans quel esprit, avec quel empressement, avec quelle bienveillance les services ont été rendus. Il y a, en effet, beaucoup d'hommes qui font du bien par une sorte de témérité, sans discernement, sans mesure, et dont le premier mouvement est une fougue, un coup de vent qui les porte à obliger tout le monde. De tels bienfaits ne doivent pas être regardés comme aussi grands que ceux qui sont accordés avec un esprit qui sait choisir, réfléchir et rester ferme dans sa résolution. Lorsqu'il s'agit de placer et de rendre un bienfait, toutes choses égales d'ailleurs, le devoir commande d'obliger celui qui a le plus de besoins; mais c'est le contraire que font la plupart : ils donnent le plus à celui dont ils espèrent le plus, n'eût-il même pas besoin de leurs services.

XVI. Le meilleur moyen de maintenir cette société qui unit les hommes entre eux, c'est d'accorder à celui qui nous tient de plus près la plus grande part dans notre bienveillance. Mais il sera bon de chercher, en remontant plus haut, les principes naturels de la société humaine. Le premier de tous est celui qui se manifeste dans l'association du genre humain tout entier. Or, le lien de cette association est la raison et la parole, qui, par des enseignements donnés et reçus, par la communication des pensées, par la discussion et le jugement, rapprochent les hommes et forment entre eux comme une alliance naturelle. Il n'est rien qui, plus que ces dons précieux, nous distingue des bêtes, auxquelles nous attribuons souvent la force, comme aux lions et aux chevaux, mais non l'équité, la justice, la bonté, parce que la raison et la parole leur ont été refusées. Cette première société, la plus vaste et la plus étendue, puisqu'elle unit les hommes entre eux, et chacun d'eux à tous les autres, demande qu'on maintienne la communauté de toutes les choses que la nature a créées pour l'usage commun des hommes, en respectant toutefois les limites et les règles que les lois et le droit civil peuvent avoir tracées; et encore faut-il en cela même se conformer au proverbe des Grecs : « Entre amis tout est commun. » Or, ces choses communes entre tous les hommes me semblent être de celles dont Ennius cite un exemple unique, mais applicable à une multitude de cas, lorsqu'il dit : « Montrer obligeamment la route au voyageur égaré, c'est allumer son flambeau au nôtre : celui-ci ne nous éclaire pas moins pour avoir communiqué sa lumière. » Ce seul exemple enseigne assez que ce dont on peut donner l'usage sans dommage pour soi doit être accordé même à un inconnu. De là ces maximes vulgaires : n'interdire à personne une eau courante ; laisser qui voudra prendre du feu à notre feu ; donner à celui qui délibère un conseil fidèle : toutes choses utiles à ceux qui reçoivent, et qui ne coûtent rien à celui qui donne. Il faut donc emprunter tour à tour et apporter à la communauté. Mais comme les fortunes particulières sont bornées, et que le nombre de ceux qui ont besoin est infini, il faut prendre pour mesure des libéralités que l'on fait à tout le monde la remarque d'Ennius : « le flambeau n'en éclaire pas moins, » afin de nous réserver les moyens d'être généreux envers notre famille.

XVII. Il existe plusieurs degrés dans cette association qui unit tous les hommes. Pour descendre de cette association illimitée, il en est une plus étroite : c'est celle de l'origine, de la nation, du langage, les trois liens les plus forts qui existent entre les hommes; un lien plus intime encore, c'est celui d'être de la même cité. En effet, beaucoup de choses sont communes entre citoyens, le forum, les temples, les portiques, les chemins, les lois, les priviléges, les tribunaux, les suffrages, les coutumes, en outre, les amitiés, et cette foule de relations créées par les intérêts et les engagements mutuels. Mais un lien plus resserré encore, c'est celui qui unit les parents entre eux ; c'est la société ramenée de son immensité à un point. La nature ayant donné à tous les êtres animés le désir de se reproduire, la première société est l'union du mari et de la femme ; la seconde, celle des parents et des enfants ; enfin la communauté des habitations et de toutes les autres choses semblables. Or, c'est là le premier élément d'une ville, et comme la pépinière d'une république. Viennent ensuite les sociétés des frères, puis celles de leurs enfants et des enfants de ceux-ci, qui, ne pouvant plus être contenus dans une même maison, émigrent dans d'autres et vont former comme des colonies. Suivent les alliances par mariages qui multiplient les parentés : ces générations qui croissent et s'étendent donnent naissance aux républiques. Le sang unit les hommes par des liens de tendresse et de bienveillance : c'est une grande chose que d'avoir les mêmes monuments de famille, un même culte et un tombeau commun. Mais la plus belle et la plus solide de toutes est celle des gens de bien qu'unit la conformité des mœurs. Cette honnêteté que je rappelle si souvent nous touche même dans une autre personne, et nous rend amis de celui en qui nous croyons la découvrir. Quoique toute vertu nous attire à elle, et nous fasse aimer ceux qui paraissent la posséder, cependant la justice et la libéralité sont celles qui produisent le plus sûrement cet effet; mais rien n'est plus aimable, rien n'attache plus fortement que la ressemblance des mœurs dans les gens de bien. Car lorsque deux hommes ont les mêmes goûts, les mêmes inclinations, chacun d'eux se plaît avec son semblable comme avec un autre soi-même, et il en résulte ce que Pythagore veut en amitié, que plusieurs êtres n'en fassent qu'un seul. C'est encore une sorte de communauté bien intime que celle qui provient des bienfaits donnés et reçus : échange mutuel et agréable qui établit entre les deux parties une société indissoluble. Mais après avoir parcouru par la pensée toutes les espèces de société, vous n'en trouverez pas de plus respectable et de plus sacrée que celle qui unit chacun à la république. Nos père et mère, nos enfants, nos parents, nos amis, nous sont chers; mais tous ces amours viennent se confondre et se réunir dans l'amour de la patrie. Et quel est l'homme de bien qui hésiterait à se sacrifier pour elle, si sa mort devait lui être utile? Il n'en faut que plus détester les barbares qui ont déchiré leur patrie par toutes sortes d'attentats, qui ont travaillé et qui travaillent encore à la ruiner de fond en comble. Si donc nous venons à comparer les devoirs, et à rechercher à qui nous devons rendre le plus de bons offices, nous devons mettre au premier rang la patrie, nos père et mère, à qui nous devons le plus d'obligations, et après eux nos enfants; et puis toute la famille, qui a les yeux sur nous et qui ne peut avoir d'autre refuge, et enfin les parents avec lesquels nous vivons en bons rapports, et dont la fortune se trouve le plus souvent liée avec la nôtre. Ainsi voilà ceux auxquels nous devons surtout fournir ce qui est nécessaire au soutien de leur existence. Mais ce commerce intime qui fait qu'on vit ensemble, que tout est commun, pensées, discours, exhortations, consolations, et quelquefois même les reproches, c'est dans l'amitié qu'on le rencontre surtout, et la plus agréable des amitiés est celle qui est fondée sur la ressemblance des mœurs.

XVIII. Toutefois, en accomplissant toutes ces obligations, il faudra examiner soigneusement les besoins de chacun, et ce que chacun peut ou ne peut pas obtenir sans nous. Les droits attachés au degré de liaison ne sont pas les mêmes que ceux qu'exigent les circonstances. Il y a de bons offices qui sont dus plutôt aux uns qu'aux autres : ainsi vous aiderez plutôt votre voisin que votre frère ou votre ami à faire sa récolte; mais si un procès est porté devant les juges, c'est votre parent et votre ami que vous défendrez avant votre voisin. Voilà les considérations qu'il faut avoir en vue dans l'accomplissement de nos devoirs; et il faut avoir pour cela de l'habitude et de l'exercice, afin que nous calculions bien nos obligations, que nous sachions ajouter et soustraire, voir ce qui reste de la somme et ce que nous devons à chacun. Mais comme ni les médecins, ni les généraux, ni les orateurs, tout instruits qu'ils sont des préceptes de l'art, n'obtiennent jamais de grands succès sans la pratique et l'usage, de même les préceptes des devoirs, que nous donnons nous-mêmes, ne suffisent pas; une chose aussi importante demande encore de l'usage et de l'exercice. Nous avons assez fait voir comment, des lois qui constituent la société humaine, dérive l'honnête, auquel se rattache le devoir. Il faut remarquer à présent que, dans l'application des quatre principes généraux d'où l'honnêteté et le devoir tirent leur source, il n'y a rien de plus éclatant que les actions qui partent d'une âme grande, élevée, supérieure aux choses humaines. Aussi les reproches qui viennent le plus facilement à la bouche sont-ils du genre de celui-ci : « Jeunesse sans vertu, vous n'êtes que des femmes, et cette jeune fille est un homme. » Ou bien encore : « Homme efféminé, donne ta dépouille, et ménage ta sueur et ton sang. » Dans la louange, au contraire, nous prenons, je ne sais comment, un ton plus haut et plus retentissant lorsqu'il s'agit d'une action grande, forte, héroïque. De là cette complaisance avec laquelle les rhéteurs s'étendent sur Marathon, Salamine, Platées, les Thermopyles et Leuctres; de là chez nous, les grands noms de Coclès, des trois Décius, de Cnæus et Publius Scipion, de M. Marcellus et de tant d'autres. Et le peuple romain lui-même n'excelle-t-il pas par la grandeur d'âme? Tout prouve sa passion pour la gloire des armes, jusqu'à cet habit de guerre dont nous voyons les statues mêmes revêtues.

XIX. Mais cette élévation d'âme qui se manifeste dans les dangers et les travaux devient coupable si elle manque de justice, et si elle combat, non pour le salut commun, mais pour un intérêt personnel. Ce n'est plus alors de la vertu; c'est une brutalité qui repousse tout sentiment humain. Les stoïciens définissent donc bien la force d'âme, lorsqu'ils disent que c'est la vertu armée pour l'équité. Aussi, pour avoir acquis par la trahison et la ruse la réputation d'une âme forte, on n'en est pas plus estimable. Sans la justice, en effet, il ne peut y avoir rien d'honnête. C'est une belle parole que celle de Platon : non-seulement, dit-il, la science, séparée de la justice, mérite le nom d'adresse plutôt que celui de sagesse; mais encore le courage qui affronte le péril doit s'appeler audace plutôt que force, s'il est poussé par une ambition personnelle et non par l'intérêt public. Nous voulons donc que les hommes courageux et magnanimes soient en même temps bons, simples, amis de la vérité, ennemis du mensonge, qualités qui appartiennent essentiellement à la justice. Mais ce qui est triste à penser, c'est que dans ces âmes grandes et fortes germent facilement l'obstination et le désir immodéré du pouvoir. Platon remarque que tout l'esprit national des Lacédémoniens consistait dans une ardente passion de vaincre. Il en est de même des hommes d'un grand caractère : ils veulent être les premiers dans l'État, ou plutôt les seuls. Or il est difficile, lorsqu'on aspire à la prééminence, de conserver cet esprit d'égalité qui est le principal attribut de la justice. Il en résulte qu'on ne se laisse vaincre ni par le raisonnement, ni par l'autorité publique, ni par les lois. Alors s'élèvent dans la cité des hommes qui emploient les largesses et l'intrigue pour accroître indéfiniment leur pouvoir, et devenir les maîtres de leurs concitoyens par la force, au lieu de rester leurs égaux par la justice. Mais plus le maintien de cette justice est difficile, plus il est glorieux; car il n'est pas un instant de la vie où l'on puisse se dispenser d'être juste. Nous appellerons donc courageux et magnanimes, non ceux qui commettent l'injustice, mais ceux qui la repoussent. La véritable, la sage grandeur d'âme place cet honneur, qui est le premier but de la nature, dans les actions et non dans une vaine gloire : ceux qu'elle anime aiment mieux être les premiers que de le paraître. En effet, quiconque est esclave des préjugés d'une multitude aveugle ne doit pas être compté parmi les grands hommes. Malheureusement plus une âme est élevée, plus une pente facile l'entraîne à commettre l'injustice, en poursuivant la gloire. Et véritablement le pas est fort glissant, et l'on trouve à peine un homme qui, après avoir essuyé des fatigues et bravé des périls, ne demande pas la gloire pour prix de son dévouement.

XX. En général, une âme forte et grande se reconnaît à deux marques principales : la première est le mépris des choses extérieures, fondé sur la persuasion que l'homme ne doit rien admirer, rien préférer, rien souhaiter que ce qui est beau et honnête; qu'il ne doit se laisser vaincre ni par son semblable, ni par la passion, ni par la fortune. La seconde, c'est qu'animé des sentiments dont je viens de parler, on fasse des actions qui soient grandes, qui avant tout soient utiles, mais qui soient encore d'une exécution difficile, laborieuse, et pleines de ces périls qui menacent ou la vie elle-même, ou cette foule d'intérêts qui se rattachent à la vie. De ces deux choses, la dernière a pour elle l'éclat et la grandeur, j'ajouterai même l'utilité; mais la cause qui fait les grands hommes, leur raison d'être grands, c'est dans la première qu'elle se trouve. Là réside en effet le principe qui élève les âmes, et qui les met au-dessus des choses humaines. Et ce principe lui-même se révèle par deux caractères, dont l'un est de ne considérer comme un bien que ce qui est honnête; l'autre, d'être exempt de tous les troubles intérieurs. En effet, s'il est d'une âme forte et grande de trouver petites les choses qui font l'envie et l'admiration du vulgaire, et de les regarder avec le mépris qu'y attache une ferme et solide raison, c'est l'œuvre d'un esprit vigoureux et d'une rare constance de supporter, sans sortir de son assiette naturelle et sans déroger à la dignité du sage, ces contre-temps, en apparence si amers, qui traversent en mille et mille façons la vie et la fortune des hommes. Or, ce serait une inconséquence que celui que la crainte ne peut abattre cédât à la convoitise, et que l'homme qui s'est montré invincible aux travaux fût vaincu par la volupté. Il faut donc s'observer à cet égard, et se défendre surtout de la soif de l'or. Rien n'annonce une âme étroite et petite comme d'aimer les richesses; rien, au contraire, de plus honorable et de plus grand que de dédaigner l'argent, lorsqu'on n'en possède pas, et si l'on en possède, de le consacrer à la bienfaisance et à la générosité. Il faut aussi, comme je l'ai dit plus haut, se tenir en garde contre la passion de la gloire : elle ôte la liberté, qui doit être le but constant des efforts de tous les nobles esprits. Quant aux commandements, il ne faut pas les désirer, ou plutôt il faut savoir, selon les conjonctures, ou les refuser, ou s'en démettre. L'âme doit être libre de tout ce qui pourrait la troubler, de la convoitise comme de la crainte, des chagrins comme des joies excessives, comme du penchant à la colère, afin de conserver ce calme et cette sécurité d'où naissent la constance et la dignité de la conduite. Or, l'on voit et l'on a vu toujours beaucoup d'hommes qui ont cherché cette tranquillité dont je parle dans l'éloignement des affaires publiques et dans les loisirs de la retraite. On compte parmi eux les princes des philosophes, et quelques personnages graves et austères qui n'ont pu souffrir les mœurs du peuple ni celles des grands, et dont plusieurs ont passé leur vie à la campagne, bornant leurs plaisirs aux soins domestiques. Ceux-là se sont proposé le même but que les rois, savoir, de ne manquer de rien, de n'obéir à personne, de jouir enfin de la liberté, dont le privilége est de vivre comme on veut.

XXI. Ce but étant commun aux ambitieux et aux amis du repos, les uns croient pouvoir l'atteindre, s'ils possèdent de grands biens, les autres, s'ils se contentent de leur fortune, quelque médiocre qu'elle puisse être. Aucun de ces deux sentiments n'est condamnable en soi; mais une vie retirée est plus facile, plus sûre, moins à charge aux autres, et porte moins d'ombrage; tandis que, dans la carrière des fonctions publiques et des grandes affaires, il y a plus de services à rendre au genre humain, plus d'éclat et de grandeur à acquérir. Peut-être donc faudrait-il pardonner leur éloignement des affaires publiques, et à ceux qui ont consacré à la science des facultés éminentes, et à ceux qui, arrêtés par la faiblesse de leur santé ou par quelque autre motif considérable, se sont tenus à l'écart, et ont laissé à d'autres le pouvoir et le mérite de gouverner l'État. Quant aux hommes qui n'ont aucune excuse semblable, s'ils se vantent de mépriser ce que tant d'autres admirent, les commandements et les magistratures, je les crois plus dignes de blâme que d'éloges. S'ils ne faisaient que mépriser la gloire et n'en tenir aucun compte, il serait difficile de ne pas approuver leur jugement; mais ils paraissent craindre les fatigues et les ennuis, et redouter, comme une sorte de tache et de flétrissure, les mauvais succès et les brigues malheureuses. Il est des hommes, en effet, qui suivent un principe dans une situation, et ne le suivent pas dans la situation opposée : contempteurs austères du plaisir, et faibles contre la douleur; insensibles à la gloire, et se laissant abattre par l'impopularité; et cela, sans être conséquents, même dans leurs contradictions. Mais ceux qui ont reçu de la nature un talent propre aux affaires doivent, sans aucune hésitation, entrer dans les magistratures et prendre part à l'administration du pays. Autrement la république ne pourrait être gouvernée, ni les grandes âmes se produire. Du reste, les hommes d'État, non moins que les philosophes, peut-être même encore plus que ceux-ci, ont besoin de la noblesse des sentiments, du mépris des choses humaines, et de cette tranquillité d'âme, de cette sécurité dont je parle sans cesse : là est le refuge contre les anxiétés du pouvoir; là est la constance et la dignité de la vie. Toutes ces choses sont d'autant plus faciles pour les philosophes, que leur vie offre moins de prise aux coups de la fortune, que leurs besoins sont moins nombreux, et que s'ils éprouvent quelque revers, ils ne tombent jamais de si haut. Aussi n'est-ce pas sans cause que l'esprit est agité de mouvements plus tumultueux et forcé de déployer une activité plus grande chez les hommes publics que chez ceux qui vivent dans la retraite : nouvelle raison pour les premiers d'élever leur âme, et de s'affranchir des tourments intérieurs. Celui qui entre dans les charges publiques ne doit pas seulement considérer combien elles sont honorables; il doit se demander encore s'il aura le talent de les bien remplir. Et en cela même, il évitera également, et cette paresse d'esprit qui se décourage sans motif, et cette confiance exagérée qui naît de l'ambition. Enfin, en toute sorte d'affaires, il faut, avant d'entreprendre, préparer soigneusement les moyens de succès.

XXII. Mais comme la plupart des hommes mettent les services militaires bien au-dessus des fonctions civiles, c'est un préjugé qu'il est bon de combattre. Beaucoup de gens, en effet, ont souvent cherché la guerre par amour de la gloire; et ce sont en général les hommes d'une âme et d'un esprit élevé qui ont cette faiblesse, surtout s'ils sont propres à la conduite des armées, et s'ils aiment les combats. Mais à juger sainement des choses, il s'est fait dans l'ordre civil une foule d'actions plus grandes et plus éclatantes que les plus hauts faits militaires. En effet, quelques justes éloges qu'on donne à Thémistocle, quoique son nom ait plus d'éclat que celui de Solon, et que l'on atteste les glorieux souvenirs de Salamine, pour mettre cette victoire au-dessus du dessein que Solon exécuta de fonder l'Aréopage, cette dernière gloire ne doit pas être tenue pour moins belle que la première. La victoire de Salamine fut utile un jour à la cité; l'institution de l'Aréopage le sera toujours : c'est par elle que se sont conservées les lois des Athéniens et les coutumes de leurs ancêtres. Thémistocle lui-même n'aurait pu rien citer en quoi il eût aidé l'Aréopage; Solon au contraire eût pu se vanter justement d'avoir aidé Thémistocle; car la guerre fut conduite par les conseils de ce sénat qu'il avait institué. On en peut dire autant de Pausanias et de Lysandre : bien qu'on attribue à leurs exploits l'agrandissement de la puissance lacédémonienne, leur mérite n'est comparable en rien aux lois et à la discipline établies par Lycurgue; c'est même à celles-ci qu'ils durent en partie la subordination et le courage de leurs armées. Quant à moi, ni M. Scaurus dans mon enfance, ni Q. Catulus, lorsque je prenais déjà part aux affaires publiques, ne me paraissaient inférieurs, l'un à C. Marius, l'autre à Pompée. Les armes, en effet, ne sont rien au dehors, si la prudence ne règne au dedans. Et le second Africain, ce grand homme, ce capitaine incomparable, ne servit pas mieux l'État en détruisant Numance que ne fit dans le même temps Scipion Nasica lorsque, sans autorité publique, il donna la mort à Tibérius Gracchus. Toutefois cette action n'appartient pas uniquement à l'ordre civil : elle touche en quelque chose à la guerre, puisqu'il fallut y employer la force et en venir aux mains; mais, après tout, le dessein en fut conçu dans la ville et accompli sans armée. Voici, quoi qu'en puissent dire les méchants et les envieux, une belle maxime : « Que les armes le cèdent à la toge, et les lauriers au mérite pacifique. » Et pour ne pas citer d'autres exemples, lorsque je gouvernais la république, n'est-il pas vrai que les armes le cédèrent à la toge? Jamais l'État ne courut de plus grands dangers et ne jouit d'un repos plus profond. Par la sagesse et la vigueur de mes mesures, les armes ne tardèrent pas à tomber d'elles-mêmes des mains des plus audacieux. Quel exploit militaire est aussi grand? Quel triomphe est comparable à un tel succès? Il m'est permis, en effet, mon cher fils, de me parer devant vous d'une gloire dont l'héritage vous appartient, et d'actions que vous devrez imiter un jour. Je puis dire au moins qu'un guerrier tout couvert de la gloire des armes, Cn. Pompée, m'a rendu ce public témoignage, qu'en vain il eût mérité les honneurs d'un troisième triomphe, si ma vigilance ne lui eût conservé une patrie où il pût triompher. Il est donc un courage civil qui ne vaut pas moins que la bravoure qu'on déploie à la guerre, et qui même exige plus de dévouement et une plus grande application d'esprit.

XXIII. L'honnête, en tant qu'il prend sa source dans la grandeur et la noblesse des sentiments, dépend en général des forces de l'âme et non de celles du corps. Il faut toutefois exercer le corps, et le mettre en état d'obéir à l'esprit et à la raison, dans l'exécution des entreprises et des travaux qu'elle impose. Du reste, cet honnête que nous cherchons ici réside tout entier dans l'action de l'esprit et de la pensée; et sous ce rapport, la république n'est pas moins bien servie par les citoyens qui dirigent ses affaires sous l'habit de paix que par les commandants de ses armées. C'est le conseil des premiers qui souvent ou empêche les guerres, ou les termine, ou même décide quelquefois à les entreprendre, comme fit Caton de la troisième guerre punique, à l'occasion de laquelle son autorité fut respectée même après sa mort. On doit donc attacher plus de prix à la sagesse qui décide qu'à la force qui combat; et cependant il faut prendre garde que la cause de cette préférence ne soit la peur de la guerre plutôt que la raison politique. Si la guerre doit se faire, qu'elle se fasse uniquement en vue de la paix. Le caractère d'un homme ferme et constant est de ne pas se troubler dans les circonstances difficiles, de ne pas s'agiter et perdre, comme on dit, son assiette, mais de conserver sa présence d'esprit et le libre usage de sa raison. A cette force de l'âme, le génie ajoute le don d'embrasser l'avenir dans sa pensée, de déterminer d'avance les chances favorables ou contraires, et la conduite à tenir en chaque conjoncture, afin de n'être pas réduit à dire quelque jour : « Je n'y avais pas songé. » Voilà les œuvres d'une âme grande, élevée, et qui se confie dans ses lumières et dans sa prudence. Mais s'exposer témérairement sur le champ de bataille, se mesurer corps à corps avec l'ennemi, c'est là quelque chose de sauvage et qui tient de la brute. Toutefois, lorsque le temps et la nécessité le commandent, il faut payer de sa personne, et préférer la mort à l'esclavage et au déshonneur.

XXIV. En ce qui touche les pillages et les destructions des villes, on doit se garder surtout de rien faire légèrement ou avec cruauté. Un homme vraiment grand, après un mûr examen, punira les coupables, sauvera la multitude, et observera, dans la bonne comme dans la mauvaise fortune, les règles de l'honneur et de l'équité. Car s'il est des hommes, ainsi que je l'ai dit, qui préfèrent la gloire des armes au mérite civil, vous en trouverez beaucoup aussi auxquels les résolutions hasardeuses et passionnées semblent plus brillantes et plus belles que les mesures prises avec calme et réflexion. Sans doute, nous ne devons jamais, pour fuir le danger, nous exposer à passer pour lâches et timides; mais il est encore un écueil à éviter : c'est d'aller sans motif au-devant des périls, ce qui serait le comble de la folie. Il faut en cela imiter la conduite des médecins, qui traitent les maladies légères par des moyens doux, et emploient, quand la gravité du mal les y force, des remèdes violents et dangereux. Il serait insensé celui qui, au milieu du calme, appellerait la tempête; mais y opposer toutes ses ressources quand elle éclate, c'est le devoir du sage, surtout s'il y a plus de bien à espérer en décidant la chose que de mal à redouter en la laissant incertaine. Dans les affaires hasardeuses, le péril regarde à la fois et la république, et les auteurs de l'entreprise, dont les uns risquent leur vie, les autres leur gloire et la bienveillance de leurs concitoyens. Nous devons donc exposer plus hardiment notre sûreté que celle de l'État, et combattre avec plus de résolution pour l'honneur et la gloire que pour tout autre intérêt. Mais on a vu souvent des hommes qui, prêts à sacrifier leurs biens, leur vie même à la patrie, n'ont pas craint de lui refuser le plus léger sacrifice de réputation. Tel fut Callicratidas, qui après avoir commandé l'armée lacédémonienne dans la guerre du Péloponnèse, et obtenu de beaux succès, finit par tout perdre, en repoussant le conseil qu'on lui donnait, de retirer la flotte des Arginuses et d'éviter le combat avec les Athéniens. Il répondit que, cette flotte perdue, Lacédémone en pouvait équiper une autre, mais que lui, il ne pouvait fuir sans se déshonorer. Du reste, cet échec fut assez peu sensible pour les Lacédémoniens; un autre leur fut mortel et renversa leur puissance : ce fut lorsque Cléombrote, craignant les propos de l'envie, livra imprudemment bataille à Épaminondas. Comme il agit mieux ce grand Fabius, dont Ennius a dit : « Un seul homme en temporisant rétablit nos affaires. Il ne plaçait pas les rumeurs populaires avant le salut du peuple. Aussi sa gloire a-t-elle brillé depuis d'un éclat qui s'accroît chaque jour. » On doit éviter la même faute dans les affaires civiles. Il est des hommes, en effet, que la peur de se faire des ennemis empêche de dire leur avis, fût-il excellent.

XXV. En général, ceux qui aspirent à diriger les affaires publiques doivent observer ces deux préceptes de Platon : le premier, de se dévouer à l'intérêt de leurs concitoyens, au point d'y rapporter toutes leurs actions, sans jamais songer à eux-mêmes; le second, d'embrasser dans leur sollicitude tout le corps politique, afin de ne pas consacrer leurs soins à une seule partie au préjudice des autres. Il en est de l'administration de l'État comme d'une tutelle, qui doit être gérée dans l'intérêt des pupilles, et non dans celui des tuteurs. Ceux qui servent une partie des citoyens, en négligeant les autres, introduisent au sein de la cité le plus redoutable des fléaux, la sédition et la discorde. De là, ces distinctions d'amis du peuple et d'amis des grands; tandis que d'amis de tous, il y en a si peu. De là, chez les Athéniens, de grandes discordes, et à Rome, non-seulement des séditions, mais encore d'affreuses guerres civiles : extrémités que tout citoyen ferme, courageux, digne d'occuper le premier rang dans un État libre, fuira avec horreur. Il se donnera tout entier à la chose publique, sans rechercher pour lui ni fortune, ni puissance; il étendra ses soins à tout l'État, et protégera également tous les intérêts. On ne le verra point, par de fausses imputations, appeler sur qui que ce soit la haine ou l'envie. Enfin, il sera si inébranlable dans ses principes de justice et d'honneur, que, pour y demeurer fidèle, il bravera les inimitiés les plus puissantes; qu'il ira même au-devant de la mort, plutôt que de s'en départir. C'est une chose bien misérable que l'ambition et les rivalités qu'elle entraîne; et Platon en fait une belle image, lorsqu'il compare ceux qui se disputent le gouvernement du pays à des matelots qui se battraient à qui tiendra le gouvernail. Ce même philosophe veut que nous regardions comme nos adversaires ceux qui s'arment contre la république, et non ceux qui veulent y faire prévaloir leurs idées politiques. C'est ainsi qu'il exista entre le second Africain et Q. Métellus des dissentiments sans aigreur. N'écoutons pas ceux qui nous diront qu'il faut poursuivre ses ennemis d'une haine vigoureuse, que c'est là le propre d'une âme forte et virile. Rien n'est plus louable, au contraire, rien n'est plus digne d'un grand et noble cœur que le pardon et la clémence. Mais chez un peuple libre, dans une société où tous les droits sont égaux, il faut encore avoir une humeur facile et une âme maîtresse d'elle-même, pour ne pas s'exposer, en repoussant durement les visites importunes ou les demandes indiscrètes, au reproche d'une morgue inutile et haïssable. Du reste, tout en approuvant la clémence et la bonté, il faut savoir user, dans l'intérêt public, d'une sévérité sans laquelle il n'est pas de gouvernement possible. Mais au châtiment, à la réprimande, on ne doit jamais ajouter l'outrage; l'utilité de la république, et non celle du magistrat qui punit ou qui reprend, doit en être le seul but. Il faut prendre garde aussi que la peine ne soit plus grande que la faute, et que les uns ne soient punis pour un délit pour lequel les autres ne seront pas même recherchés. Il faut par-dessus tout éviter la colère en punissant. Jamais celui qui châtiera dans la colère ne gardera cette modération qui tient la balance entre le trop et le trop peu; modération qui plaît aux péripatéticiens, et qui leur plaît justement : que ne se sont-ils abstenus de louer la colère, et de la vanter comme un présent utile de la nature ! Oui, la colère doit être repoussée de partout, et il est à désirer que les chefs des États ressemblent aux lois qui punissent, non parce qu'elles sont irritées, mais parce qu'elles sont justes.

XXVI. Il faut aussi, dans la prospérité et lorsque tout va selon nos désirs, nous défendre soigneusement de l'orgueil, de la hauteur, de l'arrogance. Car il y a autant de faiblesse à ne pas porter dignement la bonne fortune que la mauvaise; et rien n'est plus beau que de montrer dans toutes les situations de la vie un caractère égal, toujours même front, toujours même visage, comme firent, dit-on, Socrate et C. Lélius. Je vois chez Philippe, roi de Macédoine, moins de gloire et d'exploits que chez son fils, mais plus de douceur et d'humanité. Aussi, l'un fut toujours grand; l'autre fut souvent digne du dernier mépris : ce qui semble justifier la maxime, que c'est dans le plus haut rang qu'il faut savoir s'abaisser davantage. Panétius rapporte que le second Africain, son disciple et son ami, avait coutume de dire que, comme les chevaux dont la chaleur des combats avait rendu la fougue trop ardente étaient remis à des écuyers chargés de les dompter et de les réduire à l'obéissance, de même il faudrait que les hommes qui, dans l'ivresse du succès, avaient rejeté le frein et s'abandonnaient à une confiance présomptueuse, fussent soumis à la discipline de la raison et de la philosophie, afin de voir à nu la fragilité des choses humaines et l'inconstance de la fortune. C'est même au comble de la prospérité qu'il est le plus nécessaire de prendre conseil de ses amis, et de leur accorder plus d'autorité que jamais. Alors, surtout, il faut se garder avec soin de prêter l'oreille aux flatteurs, et de donner entrée à l'adulation, dont les piéges sont difficiles à éviter. Car nous croyons facilement mériter les louanges qu'on nous donne; et de là naissent des fautes innombrables, suite de cette vanité qui fait des malheureux qu'elle abuse un objet de risée et les entraîne dans les plus grands écarts. Mais en voilà assez sur ce sujet. Toutefois, il est une vérité qu'il faut reconnaître : c'est que si les actes les plus importants, et qui exigent le plus de force d'âme, sont accomplis par les chefs des États, à cause de la vaste portée de l'administration publique et des nombreux intérêts qu'elle embrasse, il y a aussi et il y eut toujours dans la condition privée beaucoup d'hommes d'un esprit supérieur, qui, tout occupés ou de grandes recherches, ou d'œuvres difficiles, n'ont jamais songé à s'agrandir; et d'autres qui, tenant le milieu entre les philosophes et les hommes d'État, ont pris plaisir à soigner leur fortune, sans vouloir la grossir à tout prix, ou en jouir à l'exclusion de leurs proches, toujours prêts, au contraire, à la partager avec leurs amis et avec la république, s'il en était besoin. Et d'abord, que cette fortune, honorablement acquise, ne soit le fruit d'aucun trafic avilissant ou odieux; ensuite, qu'elle soit utile à autant d'hommes qu'il sera possible, pourvu qu'ils en soient dignes; enfin, qu'elle fleurisse accrue par l'ordre, par l'activité, par l'économie, et qu'elle serve non à la débauche et au luxe, mais à la bienfaisance et à la générosité. Quiconque observera ces préceptes pourra vivre avec éclat, avec dignité, en homme de cœur, et tout à la fois être simple, loyal, ami de ses semblables.

XXVII. Il nous reste à parler de la quatrième source de l'honnête, qui comprend le respect de soi-même et des autres, et ces dons heureux qui sont comme l'ornement de la vie, je veux dire la tempérance, la modération, et en général ce qui apaise les troubles de l'âme et fait que l'on garde en tout la mesure. A ce chef se rapporte ce que nous pouvons appeler dans notre langue le *decorum*, comme on dit en grec τὸ πρέπον. Par sa nature, le *decorum* ne peut pas être séparé de l'honnêteté; car ce qui est bienséant est honnête, et ce qui est honnête est toujours bienséant. Quelle est la différence de ces deux choses? il est plus facile de la sentir que de l'expliquer. En effet, ce qui sied n'apparaît distinctement qu'à la suite de ce qui est honnête. Aussi n'est-ce pas seulement dans la partie de l'honnêteté dont nous avons à parler ici que la bienséance se fait reconnaître, c'est encore dans les trois précédentes. Faire un usage éclairé de la raison et de la parole, n'agir jamais qu'avec réflexion, discerner le vrai en toute chose et s'y attacher, cela sied évidemment; tandis qu'il sied aussi peu de prendre le faux pour le vrai, de se tromper, de faillir, de se laisser surprendre, que d'être en délire et hors de son bon sens. Pareillement, tout ce qui est juste est conforme à la bienséance; tout ce qui est injuste y est contraire, en même temps que honteux. On en peut dire autant de la force : toute action virile, et qui part d'une grande âme, est digne d'un homme et satisfait aux bienséances; toute action qui a les caractères opposés est aussi malséante que honteuse. Ainsi ce *decorum* dont je parle s'étend sur toutes les parties de l'honnête, et il ne faut pas de profondes recherches pour l'y découvrir; il s'y manifeste tout d'abord. L'esprit aperçoit en effet dans toute vertu quelque chose qui sied, et qu'on n'en peut guère séparer que par la pensée. Comme la grâce et la beauté du corps ne sauraient exister sans la santé, de même cette bienséance dont il s'agit ici se confond tout entière avec la vertu; mais elle en peut être distinguée par un acte de l'intelligence. Or elle se présente sous un double aspect. Nous concevons, en effet, une bienséance générale qui se lie à l'honnêteté considérée dans son ensemble, et une autre, subordonnée à la première, qui se rapporte aux différentes parties de l'honnête. On définit ordinairement la bienséance générale : ce qui s'accorde avec l'excellence de la nature humaine, en tant que cette nature diffère de celle des animaux. Quant à l'autre, qui est subordonnée à celle-là, comme l'espèce au genre, on essaye d'en donner une idée, en disant que c'est une conduite qui, étant d'accord avec la nature, est réglée par la modération et la tempérance, accompagnée d'une certaine dignité extérieure.

XXVIII. Qu'il le faille entendre de la sorte, nous en pouvons juger par les bienséances que les poëtes observent, et dont on donne les préceptes dans des ouvrages différents de celui-ci. Or, nous disons qu'un poëte observe les bienséances, lorsqu'il fait parler et agir ses personnages selon leur caractère. Si, par exemple, Eaque ou Minos allaient dire : « Qu'ils haïssent, pourvu qu'ils craignent, » ou bien : « Le père sert de tombeau à ses propres enfants, » les convenances seraient blessées; car la tradition nous apprend qu'Eaque et Minos étaient justes. Mais prononcées par Atrée, ces paroles excitent des applaudissements, parce qu'elles sont dignes du personnage. Du reste, c'est aux poëtes à juger de ce qui sied à chacun d'après son caractère. Mais nous, la nature elle-même nous a imposé notre rôle, ce rôle sublime, qui nous place si fort au-dessus des autres animaux. Ainsi, les poëtes verront dans l'infinie variété de leurs personnages ce qui convient et ce qui sied, même aux plus vicieux. Nous, à qui la nature a donné le rôle de la constance, de la modération, de la tempérance, de la retenue; nous, à qui elle enseigne à ne pas nous conduire légèrement envers les hommes, il nous est aisé de concevoir tout ce qu'embrassent, et cette loi de bienséance qui se lie à l'honnête pris en général, et cette autre qui est particulière à chaque espèce de vertu. De même, en effet, que dans un beau corps c'est la juste proportion des membres qui frappe les regards, et que la beauté plaît par cette convenance même de toutes les parties, qui répand sur l'ensemble une sorte de grâce; de même cette bienséance qui brille dans une vie bien réglée nous attire l'estime de ceux avec lesquels nous vivons, précisément par cet ordre, cette constance, cette mesure, qu'elle fait régner dans toutes nos actions et dans toutes nos paroles. Nous devons donc avoir un certain respect pour nos semblables, et non-seulement pour les honnêtes gens, mais pour tous les hommes. Etre indifférents à ce que l'on pense de nous, ce serait non-seulement de l'arrogance, mais un mépris absolu de toute pudeur. Il y a au reste une différence, en ce qui touche nos relations avec les hommes, entre la justice et le respect. La justice s'applique à ne pas leur nuire, le respect à ne pas les choquer; et c'est en cela que se manifeste surtout la loi de la bienséance. Ces développements suffisent, je crois, pour donner une idée de ce que nous entendons par ces mots. Quant aux devoirs qui découlent de cette loi, le premier de tous, c'est de marcher dans la voie qui conduit au maintien et à l'observation des vues de la nature. Si nous prenons celle-ci pour guide, nous ne nous égarerons jamais, et nous arriverons au but qu'elle a marqué, soit à l'intelligence et à la pénétration de l'esprit, soit à l'établissement des sociétés humaines, soit enfin à la force et au courage. Mais la loi de bienséance règne surtout dans la partie de l'honnête dont nous traitons ici. Car ce ne sont pas seulement les mouvements du corps qui, pour être approuvés, ont besoin d'être naturels; il faut encore, et à bien plus forte raison, que ceux de l'âme soient conformes à la nature. Or, l'âme a en elle deux forces et deux principes : l'appétit, que les Grecs nomment ὁρμή, et qui entraîne l'homme d'objet en objet; la raison, qui nous enseigne et nous montre ce qu'il faut faire, et ce qu'il faut éviter. Il s'ensuit que la raison doit commander, et l'appétit obéir.

XXIX. Toute action doit être exempte de témérité et de négligence; et nous ne devons rien faire dont nous ne puissions donner une raison plausible; c'est là comme le sommaire des devoirs. Il faut par conséquent que nos appétits obéissent à la raison, sans la devancer jamais, sans rester non plus en arrière par paresse ou par nonchalance; il faut qu'ils soient calmes; qu'ils n'excitent aucun trouble dans notre esprit. Tel est le principe de toute constance et de toute modération. En effet, les appétits qui se donnent une trop libre carrière, et qui, dans les transports du désir ou de la crainte, ne sont pas retenus par la raison, dépassent infailliblement la borne et la mesure. Ils se dérobent au joug, ils le rejettent; ils refusent obéissance à la raison à laquelle la loi de la nature les a soumis; aussi ne portent-ils pas moins de désordre dans les corps que dans les âmes. Que l'on regarde seulement l'homme en colère, ou celui qu'agite une passion violente, qui est en proie à la terreur, ou enivré par le plaisir : comme on verra changer son visage, sa voix, ses gestes, son maintien! Concluons de là (pour en revenir aux règles du devoir), qu'il faut réprimer et calmer nos appétits, et tenir sans cesse notre attention éveillée, afin de ne rien faire témérairement et au hasard, avec irréflexion et négligence. Ce n'est pas apparemment pour les jeux et les amusements que la nature nous a formés; c'est pour une vie plus sévère, pour des occupations plus graves et plus importantes. Toutefois les divertissements et les jeux ne sont pas interdits; on peut en user, mais comme du sommeil et des autres délassements, lorsqu'on a satisfait aux affaires sérieuses. Encore n'y doit-il régner ni dissipation ni licence; il y faut une gaieté décente et spirituelle. Si nous ne permettons pas aux enfants toute espèce de jeux, mais ceux-là seulement qui s'accordent avec l'honnêteté, ayons soin aussi que, dans les nôtres, il brille toujours une certaine fleur d'urbanité et de bon goût. Il y a, en général, deux manières de plaisanter : l'une grossière, blessante, basse, obscène; l'autre délicate, polie, ingénieuse, piquante. Les exemples de cette dernière abondent non-seulement dans notre Plaute et dans l'ancienne comédie des Athéniens, mais encore dans les livres de l'école socratique. Il existe d'ailleurs, de beaucoup de personnages, une infinité de bons mots, comme ceux qu'a recueillis le vieux Caton, et que l'on nomme apophthegmes. Il est donc facile de distinguer une plaisanterie honnête d'une ignoble bouffonnerie. L'une, si elle est faite à propos et dans un moment de gaieté, est digne d'un homme libre; l'autre n'est pas même digne d'un homme, si à la bassesse de la pensée elle joint l'obscénité des paroles. Enfin il faut garder dans ses divertissements une certaine mesure, de peur de les pousser jusqu'à l'abus, et de se laisser entraîner par l'enivrement du plaisir à quelque chose de honteux. Le Champ de Mars et la chasse nous offrent des exemples d'amusements honnêtes.

XXX. Mais, dans toute question de devoir, il est à propos de se rappeler toujours combien la nature de l'homme l'emporte sur celle des quadrupèdes et des bêtes en général. Les bêtes ne sentent que le plaisir, et elles s'y portent avec une impétuosité aveugle. L'esprit de l'homme, au contraire, se nourrit de connaissances; sa pensée est toujours curieuse, toujours agissante; son bonheur est de voir et d'entendre. Bien plus, s'il est un homme un peu enclin aux voluptés, pourvu qu'il ne soit pas de l'espèce des brutes (car on voit des gens qui n'ont de l'homme que le nom); mais enfin s'il en est un qui ait des passions un peu trop vives, quoique séduit par l'attrait du plaisir, il cache son penchant et le dissimule par pudeur. Preuve manifeste que les plaisirs des sens ne sont pas dignes de l'excellence de l'homme; qu'il faut les mépriser et les fuir, et que s'il est quelqu'un qui ne veuille pas s'en priver tout à fait, il doit en user avec une extrême réserve. C'est pourquoi la nourriture et les soins que nous donnons au corps doivent avoir pour but la santé et les forces, et non la volupté. Et même, pour peu que nous considérions l'excellence et la dignité de l'homme, nous sentirons combien est honteuse une vie énervée par le luxe, abîmée dans les délices et dans la mollesse, et combien sont honorables l'économie, la continence, la sévérité des mœurs, la sobriété. Il faut remarquer aussi que la nature nous a revêtus, pour ainsi dire, de deux caractères : l'un, qui est général, résulte de la part que nous avons tous à la raison, et à cette prérogative qui nous distingue des animaux, prérogative qui est la source de toute honnêteté et de toute bienséance, et qui nous dirige dans la recherche des devoirs; l'autre est personnel et particulier à chacun de nous. Car si les hommes diffèrent à l'infini par les qualités du corps, si les uns sont plus agiles à la course, les autres plus forts à la lutte, si les formes extérieures ont dans ceux-ci plus de dignité, dans ceux-là plus de grâce, il en est de même des esprits, et la diversité y est plus grande encore. On trouvait à L. Crassus et à L. Philippus des agréments singuliers; on en trouvait encore, et de plus étudiés, à C. César, fils de Lucius. Leurs contemporains, M. Scaurus et le jeune Drusus étaient d'une gravité remarquable; C. Lélius était fort gai; Scipion son ami avait un air plus imposant, une vie plus austère. Parmi les Grecs, Socrate, nous dit-on, fut doux, spirituel, d'une conversation enjouée, faisant un usage habituel de ces contre-vérités qu'ils appellent *ironie,* et dont le nom est devenu inséparable du sien. Pythagore, au contraire, et Périclès acquirent, sans aucun enjouement dans l'esprit, la plus haute influence. On cite comme de rusés capitaines, chez les Carthaginois, Annibal, chez nous le grand Fabius; tous deux impénétrables, sachant se taire, dissimuler, tendre des embûches à l'ennemi et prévenir ses desseins. En ce genre, les Grecs préfèrent à tous leurs généraux Thémistocle et Jason de Phères. Ils vantent surtout l'adroit et ingénieux stratagème de Solon, qui pour mettre sa vie à l'abri, et rendre néanmoins à la république un signalé service, contrefit l'insensé. Il est des hommes d'un caractère tout à fait différent, hommes simples et ouverts, qui pensent qu'on ne doit rien faire en se cachant, rien par surprise, idolâtres de la vérité, ennemis de la fraude. D'autres sont prêts à souffrir toute chose et à servir tout maître pour arriver à leurs fins; tels nous avons vu et Sylla et Crassus. Nul, sous ce rapport, ne poussa plus loin la souplesse et la patience que le Lacédémonien Lysandre, tandis que Callicratidas, qui lui succéda dans le commandement de la flotte, était d'une humeur tout opposée. Tel personnage de la plus grande autorité sut, dans ses entretiens, se mettre au niveau de tout le monde; c'est ce que nous avons vu dans les deux Catulus, le père et le fils, ainsi que dans Q. Mucius Mancia. J'ai entendu dire à nos vieillards qu'il en était de même de P. Scipion Nasica, tandis que son père, celui qui réprima les desseins pernicieux de Tibérius Gracchus, n'avait aucune politesse de langage. On en dit autant de Xénocrate, le plus sévère des philosophes, et l'on attribue à cette sévérité même sa grande renommée. Enfin, il y a dans les caractères et les mœurs des hommes une foule d'autres différences, qui ne les rendent pas pour cela condamnables.

XXXI. Or, chacun doit suivre ses propres inclinations, non les mauvaises sans doute, mais les siennes pourtant: c'est le moyen de conserver cette bienséance que nous cherchons. En effet, il ne faut pas se mettre en opposition avec la loi générale de la nature; mais cette loi observée, suivons notre nature à nous, et, sans chercher un mieux idéal, réglons sur elle l'emploi de nos facultés. Il ne sert à rien de lutter contre le naturel, et de poursuivre ce qu'on ne peut atteindre. Et c'est ce qui donne l'idée la plus nette de la bienséance, puisque rien ne sied de ce qu'on fait, comme dit le proverbe, en dépit de Minerve, c'est-à-dire malgré la nature et contre son vœu. En général, s'il est quelque chose de bienséant, rien assurément ne l'est à un plus haut degré qu'une vie toujours égale, et dans son plan universel, et dans ses moindres détails. Or, cette égalité, comment la conserverez-vous, si vous empruntez le caractère d'autrui, en renonçant au vôtre? Nous devons parler la langue qui nous est connue, afin de ne pas nous exposer à de justes risées, en bigarrant notre discours de mots grecs, comme font quelques personnes. Il en est de même de nos actions et de toute notre vie : il en faut bannir ce qui ferait disparate. Cette différence des caractères va si loin, qu'il est des situations où un homme doit se donner la mort, tandis qu'un autre ne le doit pas. Caton était-il dans une autre position que ceux des Romains qui en Afrique se livrèrent à César? Cependant ceux-ci auraient peut-être été blâmés de se tuer, parce que leurs habitudes étaient plus douces, leurs mœurs plus faciles. Mais Caton, doué par la nature d'une incroyable fermeté, qu'il avait fortifiée encore par une constance à toute épreuve, Caton qui, une fois sa résolution prise, y avait toujours persévéré, devait plutôt mourir que de voir de ses yeux le visage d'un tyran. Que de maux souffrit Ulysse, dans ses courses interminables, asservi à des femmes (si Calypso et Circé peuvent être appelées des femmes), et occupé sans cesse de se rendre affable en toute rencontre et de plaire à tout le monde? Il endura, jusque dans sa propre maison, les outrages des esclaves et des servantes, pour arriver enfin au but qu'il poursuivait. Ajax, au contraire, de l'humeur dont on le représente, aurait mille fois bravé la mort, avant de supporter rien de pareil. Les yeux fixés sur ces exemples, chacun étudiera ce qu'il y a en lui de personnel, en réglera l'usage, et n'essayera pas si le personnage d'un autre lui siérait; ce qui sied le mieux, c'est ce qu'on a de véritablement sien. Connaissons donc notre naturel, et soyons des juges sévères de nos qualités et de nos défauts, afin que des comédiens ne paraissent pas l'emporter sur nous en prudence. Ce ne sont pas les meilleures pièces qu'ils choisissent : ce sont les mieux appropriées à leur talent. Ceux qui comptent sur leur voix jouent les Epigones et Médus; ceux qui brillent par le geste préfèrent Mélanippe ou Clytemnestre. Rupilius, dont je me souviens, jouait toujours Antiope; Esopus jouait rarement Ajax. Ainsi un acteur verrait plus clair dans les convenances de la scène, qu'un homme sage dans celles de la vie! Livrons-nous de préférence aux travaux auxquels nous sommes le plus propres; et si jamais la nécessité nous impose un rôle qui n'aille pas à notre talent, n'épargnons ni soin, ni étude, ni attention pour le remplir, sinon avec une grâce parfaite, du moins sans trop de mauvaise grâce. L'important n'est pas de courir après un mieux qui nous est refusé; c'est de fuir ce qui n'est pas bien.

XXXII. Aux deux caractères dont j'ai parlé plus haut s'en joint un troisième, que nous imposent le hasard ou les conjonctures, et un quatrième, que chacun revêt librement et par choix. La royauté, les commandements, la noblesse, les honneurs, la fortune, le crédit, aussi bien que les situations opposées, dépendent du hasard, et sont subordonnées à la vicissitude des temps. Mais le choix du personnage que nous voulons faire est l'ouvrage de notre volonté. Ainsi les uns s'adonnent à la philosophie, les autres au droit civil, d'autres à l'éloquence; et parmi les vertus elles-mêmes, tel homme veut exceller dans celle-ci, tel autre dans celle-là. Ceux dont les pères ou les ancêtres se sont illustrés par quelque genre de mérite cherchent ordinairement à se distinguer dans la même carrière : comme Q. Mucius, fils de Publius, dans le droit civil; Scipion l'Africain, fils de Paul Emile, dans l'art militaire. Quelques-uns, à la renommée qu'ils ont reçue de leurs pères, ajoutent quelque titre personnel : comme ce même Scipion, qui couronna la gloire de ses exploits par celle de l'éloquence. C'est ce que fit aussi Timothée, fils de Conon, qui, après avoir égalé son père dans la guerre, joignit à cette illustration celle de la science et du génie. Il en est au contraire qui renoncent à imiter leurs aïeux, pour suivre des voies qu'eux-mêmes se sont tracées ; et c'est là que déploient toute leur énergie ceux qui aspirent aux grandes choses, quoique nés de parents obscurs. Voilà autant de considérations qu'il faut avoir présentes à l'esprit et à la pensée, lorsque nous cherchons ce que prescrit la bienséance. Mais il faut déterminer avant tout ce que nous voulons être, et quel genre de vie nous entendons choisir ; or, de toutes les questions, il n'en est pas d'aussi délicate. C'est au commencement de l'adolescence, à l'âge où le jugement est le plus faible, que chacun décide, au gré de sa fantaisie, de quelle façon il passera ses jours. Ainsi, l'on prend son parti et l'on s'engage dans un train de vie, avant de savoir quel est le meilleur. L'Hercule de Prodicus, au rapport de Xénophon, entrait dans l'adolescence, époque où la nature appelle les hommes à choisir la vie qu'ils se proposent de suivre, lorsqu'il se retira dans la solitude, et assis à l'écart, voyant devant lui deux routes, celle de la volupté et celle de la vertu, délibéra longtemps laquelle il devait prendre. Cela sans doute fut possible à Hercule, né de Jupiter, mais ne l'est pas à nous, portés, comme nous sommes, à imiter qui bon nous semble, et entraînés sans le vouloir sur les pas de nos modèles. Le plus souvent, imbus des principes de nos parents, nous nous laissons aller à leurs habitudes et à leurs mœurs. D'autres sont emportés par le flot des opinions populaires, et ce qui paraît beau au plus grand nombre est l'objet de leurs préférences. Quelques-uns cependant, par l'effet d'un bonheur particulier, ou d'un heureux naturel, ou de l'éducation domestique, ont suivi le droit chemin.

XXXIII. Mais l'espèce la plus rare est celle des hommes qui, doués d'un beau et grand génie, ou éclairés par d'excellentes leçons, ou riches à la fois d'esprit et de savoir, ont eu encore le temps de délibérer sur le plan de vie qu'ils voulaient adopter ; délibération où tout doit se rapporter aux dispositions qu'on tient de la nature. Car s'il est vrai, comme je l'ai dit plus haut, que, dans toutes nos actions, nous devons étudier notre naturel, pour en déduire les règles de la bienséance, c'est un soin qu'il nous faut prendre bien plus encore lorsqu'il s'agit du plan universel de la vie, si nous voulons être d'accord avec nous-mêmes dans toute notre conduite, et ne faillir à aucun de nos devoirs. Or, puisqu'en cette affaire la nature d'abord, ensuite la fortune, exercent une action toute-puissante, il faut, dans le choix d'un genre de vie, tenir compte et de l'une et de l'autre, mais principalement de la nature. Elle est plus solide en effet; elle est plus constante; et dans certaines luttes avec elle, la fortune ne paraît plus qu'une mortelle aux prises avec une rivale douée de l'immortalité. Que celui donc qui se sera fait un plan de vie conforme à son naturel, j'entends un naturel qui ne soit pas vicieux, y persévère constamment. Rien ne sied mieux que cette constance, à moins qu'il ne s'aperçoive qu'il s'est trompé dans son choix. Si cette erreur a eu lieu, ce qui peut arriver, il faudra changer d'habitudes et de vues. Ce changement, si les circonstances le favorisent, en sera plus facile et imposera moins de gêne; sinon, il y faudra procéder lentement et par degrés, comme dans ces amitiés qui cessent de nous agréer et de nous paraître honorables, et dont, suivant les sages, il vaut mieux délier insensiblement les nœuds que de les trancher tout d'un coup. Mais une fois que l'on a passé d'un genre de vie à un autre, il ne faut rien négliger pour mettre en évidence la pureté de ses intentions. J'ai dit un peu plus haut qu'il fallait imiter ses ancêtres; bien entendu que c'est sous la réserve, premièrement des vices qu'on ne doit jamais imiter, ensuite de certaines qualités que la nature peut nous avoir interdites. Ainsi le premier Africain eut un fils qui adopta celui de Paul Emile, et qui, à cause de la faiblesse de sa santé, ne put lui ressembler autant que lui-même avait ressemblé à son père. Celui donc qui ne pourra ni défendre des causes, ni occuper du haut de la tribune l'attention du peuple, ni commander les armées, devra au moins acquitter sa dette autant qu'il est en lui, en pratiquant la justice, la bonne foi, la libéralité, la modestie, la tempérance : c'est le moyen qu'on soit moins exigeant sur les qualités qui lui manquent. Du reste, le plus bel héritage qu'un père puisse laisser à ses enfants, héritage plus précieux que le plus riche patrimoine, c'est la gloire de sa vertu et de ses grandes actions; en ternir l'éclat serait un crime et une impiété.

XXXIV. Comme les devoirs diffèrent selon les âges et sont autres pour les jeunes gens, autres pour les vieillards, il faut dire aussi quelques mots de cette distinction. C'est le devoir du jeune homme de respecter ceux qui sont plus âgés que lui, et de choisir parmi eux les plus honnêtes et les plus considérés, pour s'étayer de leurs conseils et de leur autorité : car l'inexpérience du jeune âge a besoin d'être éclairée et dirigée par la prudence de l'âge mûr. La jeunesse a besoin surtout d'être éloignée des voluptés, et d'apprendre par l'exercice à résister aux travaux de l'esprit et du corps, afin de porter un jour dans les fonctions de la paix et de la guerre des talents et de la vigueur. Lors même qu'elle voudra prendre du délassement, et se donner quelque douceur, il faut qu'elle évite soigneusement tout excès, et qu'elle n'oublie jamais la décence. C'est ce qui sera plus facile, si des personnes d'un âge mûr veulent bien se mêler à ses récréations. Quant aux vieillards, tout en diminuant les travaux du corps, ils ne feront qu'ajouter aux exercices de l'esprit; et un de leurs premiers devoirs sera de mettre au service de leurs amis, de la jeunesse, et principalement de la république, tout ce qu'ils ont de lumières et de prudence. Mais il n'est rien dont ils doivent se garder avec plus de soin que de la langueur et de l'oisiveté. Pour la débauche, honteuse à tout âge, elle est révoltante dans la vieillesse. Que si la dissolution des mœurs vient s'y joindre, le mal est double : d'abord le vieillard se couvre de honte; ensuite il ôte à l'incontinence des jeunes gens le frein de la pudeur. Il n'est pas non plus hors de propos de parler des devoirs des magistrats, des particuliers, des citoyens, des étrangers. C'est le devoir propre du magistrat de comprendre qu'il représente la cité elle-même, et qu'il doit en soutenir la dignité et l'honneur, veiller au maintien des lois, régler les droits de chacun, et se souvenir que ce sont là autant de dépôts commis à sa foi. Le particulier doit vivre avec ses concitoyens sur le pied de l'égalité, sans abaissement comme sans hauteur; et en politique, il ne doit avoir que des vues paisibles et honnêtes. C'est à ce prix qu'on mérite le nom de bon citoyen. Quant à l'étranger et au simple habitant, son devoir est de s'occuper uniquement de ses affaires, sans s'enquérir de celles d'autrui, et surtout sans vouloir pénétrer les secrets d'un État dont il n'est pas membre. C'est ainsi que nous parviendrons à la connaissance des devoirs, en cherchant ce qui sied et ce qui convient aux personnes, aux temps, aux âges. Mais aucune chose ne sied aussi bien que d'être toujours d'accord avec soi-même, soit qu'il s'agisse d'une affaire à conduire ou d'une résolution à prendre.

XXXV. Au reste, comme la bienséance dont nous parlons se remarque dans les actions, dans les paroles, et jusque dans le maintien et les mouvements du corps, ce qui comprend trois choses difficiles à définir, mais dont il suffit d'avoir une idée, la bonne mine, l'à-propos et une mise appropriée à l'action, trois choses par où se manifeste le désir de plaire à ceux avec qui ou près de qui l'on vit, il sera bon d'en dire aussi quelques mots. Et d'abord la nature paraît avoir formé notre corps avec une attention singulière : elle a mis en évidence le visage et toutes les parties dont l'aspect est honnête; quant à celles qui n'ont pour objet que des nécessités physiques, et dont la vue aurait blessé le goût et la décence, elle les a couvertes et cachées. Cette disposition judicieuse de la nature a servi de modèle à la pudeur de l'homme. Quiconque est sain d'esprit éloigne des yeux ce que la nature a pris soin de voiler; il n'obéit à la nécessité même que le plus secrètement qu'il est possible. Les parties du corps dont l'usage est indispensable, jamais il ne les appelle par leur nom, ni elles, ni ce à quoi elles sont destinées. Et ce qu'on peut faire sans honte, pourvu que ce soit en secret, on ne peut le dire sans obscénité. Il y a donc une égale impudence, et à faire ces choses devant témoins, et à tenir un langage obscène. N'écoutons pas les cyniques, ni quelques stoïciens presque cyniques aussi, qui nous reprochent avec moquerie d'attacher aux noms et aux paroles une honte qui n'est pas dans les choses, et de nommer sans scrupule des choses vraiment honteuses. Le brigandage, la fraude, l'adultère, voilà ce qui est honteux, et l'on en parle sans obscénité. Se donner des rejetons est honnête en soi; et il est obscène de nommer l'acte qui conduit à ce but. Telles sont, avec beaucoup d'autres semblables, les objections que ces philosophes élèvent contre la pudeur. Pour nous, suivons la nature, et fuyons tout ce qui peut choquer les yeux et les oreilles. Que notre maintien, notre démarche, notre attitude, assis ou à table, que notre visage, nos regards, le mouvement de nos mains, soient toujours conformes à cette loi de bienséance. En cela deux choses surtout sont à éviter : les airs mous et efféminés; les manières dures et grossières. Et il ne faut pas qu'il soit dit que les comédiens et les orateurs seront esclaves des convenances, et que nous en serons affranchis. L'ancienne discipline du théâtre impose aux acteurs une si grande réserve, que pas un ne paraît sur la scène sans un vêtement de dessous, qui les empêche d'offrir un aspect indécent, si le hasard venait à découvrir certaines parties de leur corps. Nos mœurs ne permettent pas qu'un fils sorti de l'enfance se baigne avec son père, un gendre avec son beau-père. Il faut observer d'autant plus religieusement ces règles de pudeur, que c'est la nature elle-même qui nous les enseigne et nous trace le chemin.

XXXVI. Comme il y a deux genres de beauté, dont l'un consiste dans les agréments de la personne, l'autre dans la dignité, nous devons poser en principe que les agréments conviennent à la femme, la dignité à l'homme. Repoussons donc toute parure indigne de notre sexe, et gardons-nous des attitudes et des gestes qui auraient un pareil défaut. Les mouvements étudiés de la palestre sont parfois choquants, et certains gestes de théâtre ne sont pas exempts de ridicule. Dans l'un et dans l'autre genre, le naturel et la simplicité ont seuls le droit de plaire. La dignité du visage doit être soutenue par un teint viril, et celui-ci se maintient par l'exercice. Ajoutons à cela de la propreté sans prétention et sans recherche; ce qu'il en faut pour éviter une négligence agreste et de mauvaise compagnie. La même observation s'applique aux vêtements, dans lesquels, comme en tant d'autres choses, rien n'est préférable à un juste-milieu. Il faut nous interdire encore cette démarche lente et compassée qui nous donnerait l'air des images que l'on porte dans les pompes solennelles, et cette précipitation qui met hors d'haleine, bouleverse les traits et fait grimacer la figure, toutes choses qui annoncent un manque absolu de gravité. Mais il faut veiller bien plus encore à ce que les mouvements de l'âme ne s'écartent pas de la nature. C'est à quoi nous parviendrons, en nous tenant en garde contre les agitations et les saisissements, en observant avec une attention scrupuleuse les lois de la bienséance. Or, les mouvements de l'âme sont doubles et comprennent la pensée et les appétits. La pensée s'applique souvent à la recherche du vrai; l'appétit nous porte à l'action. Ayons donc soin de diriger notre pensée vers tout ce qui est bien, et de soumettre nos appétits au joug de la raison.

XXXVII. La puissance de la parole est grande, et elle s'exerce de deux manières, par le discours soutenu et par le langage familier. Le premier appartient aux luttes judiciaires, aux assemblées du peuple et du sénat; l'autre doit régner dans les cercles, dans les entretiens, dans les réunions d'amis; il a même sa place dans les festins. Le discours soutenu a des règles tracées par les rhéteurs; la conversation n'en a pas; quoique peut-être on pût aussi lui en donner. Mais il faut des disciples pour qu'il se trouve des maîtres, et personne n'étudie l'art de converser, tandis que la foule assiége les rhéteurs. Au reste les préceptes que l'on donne sur les mots et sur les pensées peuvent s'appliquer aux simples entretiens. Comme c'est la voix qui est l'organe du discours, et que dans la voix nous recherchons deux qualités, qu'elle soit claire et qu'elle soit douce, il faut les demander l'une et l'autre à la nature; mais la première peut être augmentée par l'exercice, la seconde par l'imitation de ceux qui prononcent avec justesse et agrément. Ce seul mérite fit aux deux Catulus une réputation de délicatesse et de goût; ce n'est pas qu'ils ne fussent lettrés; mais d'autres l'étaient aussi, et ce sont eux cependant qui passaient pour se servir le mieux de la langue latine. Le son de leur voix était doux; les lettres n'étaient ni trop accusées, ni trop effacées; aussi rien de sourd ni de prétentieux dans leur débit; et dans leur accent, rien de tendu, de lâche ni de chantant. L'élocution de L. Crassus était plus riche, sans être moins spirituelle; mais pour la réputation de bien parler, les Catulus ne lui cédaient en rien. César, frère de Catulus le père, fut le premier de tous pour le sel et la finesse de ses plaisanteries; au point que, jusque dans les débats du Forum, ses simples causeries triomphaient de l'éloquence animée de ses rivaux. Voilà autant de points qui méritent une sérieuse attention, si nous cherchons en tout ce qui sied. Que le langage familier où excellent les disciples de Socrate ait donc de la douceur, du liant, de la gaieté. Qu'un interlocuteur n'aille pas s'emparer de la conversation comme de son domaine et en exclure les autres; là, comme dans tout le reste, il est juste que chacun ait son tour. Il faut voir avant tout de quoi l'on parle; et si c'est de choses sérieuses, les traiter avec gravité; s'il s'agit d'un badinage, y mettre de l'enjouement. Mais craignons surtout que nos discours ne révèlent en nous quelque vice de caractère. C'est ce qui a coutume d'arriver, lorsque, par esprit de dénigrement, on s'étudie, soit sérieusement, soit pour faire rire, à déchirer la réputation des absents. La plupart des entretiens roulent ou sur des intérêts privés, ou sur la république, ou enfin sur les arts et sur les lettres. S'ils s'égarent sur d'autres objets, faisons en sorte de les ramener dans ce cercle, en ayant égard toutefois aux personnes qui seront présentes; tout le monde ne s'amuse pas des mêmes choses, ni à tous les moments, ni de la même manière. Il faut observer encore le point au delà duquel la conversation cesserait de plaire, et, comme on a su la commencer, savoir également la finir.

XXXVIII. Si un précepte sage et applicable à toute la conduite de la vie nous prescrit de fuir ces émotions violentes qui troublent l'âme, et dont la raison n'est pas maîtresse, de pareils mouvements doivent être aussi bannis de nos entretiens, et il n'y doit percer ni colère, ni passion d'aucune espèce, ni rien qui annonce la paresse, la lâcheté ou quelque autre vice. Un soin fort important sera de témoigner à ceux avec qui nous converserons du respect et de l'affection. Il peut arriver que des paroles de blâme nous soient commandées par la nécessité. Alors il faudra peut-être donner à la voix plus de force et au langage une gravité plus austère; il sera même utile de paraître fâchés en parlant ainsi. Mais il en est de ce genre de correction comme du fer et du feu dans la médecine : on n'y doit recourir que rarement et malgré soi, lorsque la nécessité l'exige, et qu'on ne trouve plus aucun autre remède. Dans tous les cas, repoussons bien loin la colère, avec laquelle rien ne se peut faire de bon ni de mesuré. La plupart du temps, il est possible de réprimander avec une douceur mêlée de fermeté, de telle sorte que la leçon soit sévère, sans être humiliante. Et même, quelque amertume que puisse avoir le reproche, il faut montrer à celui qui le reçoit que c'est pour son bien qu'il lui est adressé. Il convient, jusque dans les querelles que nous pouvons avoir avec nos plus grands ennemis, de garder notre sang-froid, et de nous défendre de l'emportement, lors même que nous entendrions les paroles les plus offensantes. En effet, quand l'âme est vivement émue, les actions se ressentent de ce trouble et ne peuvent être approuvées de ceux qui en sont témoins. Enfin il sied mal de se donner à soi-même des éloges, surtout quand ils sont faux, et de s'exposer au ridicule, en jouant le rôle du soldat fanfaron.

XXXIX. Puisque nous entrons dans tous les détails, que nous le voulons du moins, il faut aussi donner une idée de ce que doit être, selon nous, la maison d'un grand et honorable citoyen. Le but qu'on se propose, c'est l'usage, et tout doit s'y rapporter dans le plan de l'édifice. La dignité pourtant et la commodité doivent être prises en considération. Cn. Octavius, le premier de cette famille qui fut consul, se fit beaucoup d'honneur en se bâtissant une belle et majestueuse demeure sur le mont Palatin; et comme elle attirait une foule de visiteurs, elle influa, dit-on, sur l'élévation de son maître, homme nouveau, à la dignité consulaire. Scaurus, l'ayant fait démolir, en agrandit la sienne. Aussi l'un fit entrer le premier le consulat dans sa maison; et l'autre, né du plus noble et du plus illustre père, rapporta dans ce palais qu'il avait doublé, non-seulement un refus, mais l'ignominie et le malheur. Il faut que l'habitation rehausse la dignité, mais qu'elle n'en fasse pas tout le fonds : ce n'est pas la maison qui doit honorer le maître; c'est le maître qui doit honorer la maison. Et s'il est vrai qu'en tout le reste il faut songer aux autres aussi bien qu'à soi-même, il importe aussi que la demeure d'un grand citoyen, faite pour recevoir beaucoup d'hôtes et s'ouvrir à une foule d'hommes de tous les rangs, soit assez spacieuse pour sa destination. Il peut se faire d'ailleurs qu'une vaste maison soit la honte de son maître, si elle est déserte, et surtout si l'on se rappelle que, sous un autre possesseur, elle était fréquentée. Il est fâcheux, en effet, d'entendre les passants s'écrier : « O antique palais, combien ton maître est changé ! »

réflexion qui peut s'appliquer de nos jours à un trop grand nombre de palais. Il faut éviter aussi, principalement si vous bâtissez vous-même, de pousser trop loin le luxe et la magnificence. L'exemple seul, en ce genre, peut faire beaucoup de mal. Tout le monde en effet se pique d'imiter les grands, surtout dans leurs dépenses. L. Lucullus fut un homme éminent : qui est-ce qui a imité ses vertus? et qui est-ce qui n'a pas imité la magnificence de ses maisons de campagne? En ce genre de luxe, il faut du moins savoir se borner, et se tenir dans un sage milieu. Cette modération doit nous régler d'ailleurs dans tout ce qui regarde les besoins et les jouissances de la vie. Mais en voilà assez sur ce sujet. Il y a, dans tous nos actes, trois règles à observer : la première, c'est de soumettre les appétits à la raison, ce qui est le meilleur moyen de rester fidèle au devoir; la seconde, c'est de calculer l'importance de ce que l'on veut faire, afin que les soins et le travail ne soient pas trop grands ou trop petits pour le but qu'on se propose; la troisième, c'est de mettre de la mesure dans tout ce qui est de dignité et de représentation. Or, la mesure consiste surtout à garder ce décorum dont nous avons parlé, et à ne pas aller au delà; mais de ces trois préceptes le plus important, c'est que l'appétit obéisse à la raison.

XL. Il faut parler maintenant de l'ordre dans les choses et de l'à-propos dans le temps. Cette science contient celle que les Grecs appellent εὐταξία, non pas cette εὐταξία que nous traduisons par *modestia*, mot qui renferme l'idée de mesure, mais celle qui veut dire conservation de l'ordre. Si nous voulons l'appeler aussi *modestia*, nous entendrons ce mot comme les stoïciens, qui le définissent l'art de ne rien faire et de ne rien dire qui ne soit à sa place. Ainsi ordre et action de placer paraissent être la même chose : car les stoïciens définissent aussi l'ordre, le talent de mettre et de ranger les choses à la place qui leur convient. Or, selon eux, la place d'une action, c'est son opportunité; et le temps opportun pour agir s'appelle en grec εὐκαιρία, et chez nous *occasio*. Le mot *modestia*, pris dans le sens que nous lui donnons ici, désigne donc l'art de saisir, en tout ce que l'on fait, le moment convenable. Mais cette définition pourrait convenir également à la prudence, dont nous avons parlé en commençant; et ici nous traitons de la modération, de la tempérance, et des autres vertus semblables. Aussi ce qui regarde la prudence a-t-il été expliqué en son lieu; maintenant il faut entrer dans quelques détails sur ces vertus qui nous occupent depuis longtemps, dont le fond est la bienséance, et le but, l'estime de ceux avec lesquels nous vivons. Et d'abord, l'ordre que nous mettrons dans nos actions doit être tel, que dans notre vie, comme dans un discours bien composé, tout se tienne et soit en harmonie. Ce serait, par exemple, une chose honteuse et inexcusable de jeter au milieu d'une affaire sérieuse des propos de table et des discours légers. Voici un beau trait de Périclès. Il avait le poëte Sophocle pour collègue dans les fonctions de stratége, et ils étaient réunis pour traiter de leurs communs devoirs, lorsqu'un jeune homme d'une figure remarquable étant venu à passer, Sophocle s'écria : Oh! le beau jeune homme, Périclès! Sophocle, répondit celui-ci, un stratége doit savoir contenir ses yeux aussi bien que ses mains. S'il se fût agi d'une revue d'athlètes, les paroles de Sophocle n'auraient eu rien de répréhensible; tel est le pouvoir du temps et du lieu. Supposons qu'en chemin ou à la promenade, un homme médite une cause qu'il doit bientôt plaider, ou qu'il réfléchisse profondément à tout autre sujet, personne ne le blâmera; mais s'il fait la même chose dans un festin, on le trouvera impoli, parce qu'il aura mal pris son temps. Il est des actions qui choquent évidemment tous les usages, comme celle de chanter dans la place publique, ou autres grandes infractions aux lois de la bienséance; celles-là sont aisées à reconnaître, et n'exigent pas d'avertissements ni de préceptes. Mais les fautes qui semblent petites, et qui ne sont pas sensibles pour tout le monde, sont celles dont il faut se garder avec le plus de soin. S'il est vrai que, dans les sons de la lyre ou de la flûte, la moindre discordance est remarquée par les connaisseurs, il faut veiller aussi à ce qu'il n'y ait dans notre vie aucune dissonance, et cela d'autant plus que l'accord parfait des actes est plus beau et plus important que celui des sons.

XLI. Ainsi, comme dans le jeu des instruments, l'oreille du musicien perçoit les nuances les plus délicates, de même, si nous voulons porter sur tout ce qui est mal un œil attentif et pénétrant, les moindres indices nous donneront souvent de grandes lumières. Il suffit d'observer un regard, un mouvement des sourcils, la tristesse ou la gaieté du visage, un sourire, la parole, le silence, le ton plus ou moins élevé de la voix, et mille choses semblables, pour juger laquelle de ces choses est à sa place, laquelle s'écarte de la nature et du devoir. Et en ce point, ce n'est pas un médiocre avantage de faire cette étude sur les autres, afin d'éviter nous-mêmes ce que nous trouverons en eux d'inconvenant : car il arrive, je ne sais comment, que nous voyons bien plus clair dans les défauts d'autrui que dans les nôtres. Aussi n'est-il pas d'élèves qui profitent mieux des leçons que ceux dont le maître imite les fautes pour les en corriger. Il sera bon aussi, dans les cas où la conduite à tenir est douteuse, de consulter les hommes de savoir ou d'expérience, et de s'enquérir de leur avis sur toutes les questions de devoir. Car le sentiment du plus grand nombre est assez ordinairement dicté par la nature elle-même. Toutefois nous devons examiner non-seulement ce qu'on dit, mais ce qu'on pense, et pourquoi on le pense. Les peintres, les statuaires, les poëtes eux-mêmes, veulent que leurs œuvres soient regardées du public, afin de corriger ce qu'il y aura trouvé à reprendre ; et ils cherchent, et avec leurs lumières, et avec celles des autres, en quoi consiste la faute. C'est ainsi qu'il y a bien des choses que nous devons faire ou ne pas faire, changer ou corriger d'après le jugement d'autrui. Pour ce qui est réglé par la coutume et par les institutions civiles, il n'y a rien à prescrire : elles sont elles-mêmes des préceptes. Et il ne faut pas que l'on tombe dans l'erreur de croire que si Socrate ou Aristippe se sont permis quelque parole ou quelque action contraire aux mœurs et aux usages de leur pays, on soit libre d'en faire autant ; c'est un privilége qu'ils devaient à de grandes, à de divines qualités. Quant au système des cyniques [1], il faut le rejeter entièrement; il est ennemi de la pudeur, sans laquelle il ne peut rien y avoir de bon ni

1. Les cyniques sont ainsi nommés à cause de la liberté de leurs paroles et de leur amour pour la vérité ; car on trouvait que le chien a, dans son instinct, quelque chose de philosophique et qui lui apprend à distinguer les personnes. En effet, il aboie contre les étrangers et flatte ceux de la maison. De même, les cyniques accueillent et chérissent la vertu et ceux qui la pratiquent, tandis qu'ils réprouvent et blâment les passions, et ceux qui s'y livrent, fussent-

d'honnête. S'il est des hommes dont la vie a été éprouvée dans de grandes et honorables fonctions, qui en politique soient dévoués à la bonne cause, qui aient servi ou servent noblement la patrie, c'est un devoir de les respecter, de les honorer, comme s'ils étaient revêtus de quelque dignité ou de quelque commandement. C'en est un encore d'avoir beaucoup d'égards pour la vieillesse, de se soumettre aux magistrats, de faire la différence du citoyen et de l'étranger, et entre les étrangers, de distinguer le particulier de celui qui vient avec un caractère public. En un mot, pour ne pas entrer dans tous les détails, nous devons respecter, défendre, maintenir la grande association qui unit le genre humain tout entier.

XLII. Pour ce qui touche les arts et les métiers, si l'on veut savoir lesquels sont libéraux, lesquels sont serviles, voici l'opinion généralement reçue. D'abord, on condamne les professions qui encourent la haine publique, comme celle des usuriers et des préposés aux péages. On tient pour basse et indigne d'un homme libre celle des mercenaires, et de tous ceux dont on paye le travail et non le talent : le salaire qu'ils reçoivent est, en effet, le prix de leur servitude. C'est une industrie également vile d'acheter à des marchands pour revendre : ceux qui s'y livrent ne peuvent rien gagner qu'à force de mentir; et certes il n'y a rien de plus honteux que le mensonge. Enfin les artisans exercent tous une profession basse : l'atelier, en effet, peut-il avoir rien de noble? Mais les métiers les moins estimables sont ceux qui servent à la sensualité, par exemple ceux de poissonnier, de boucher, de cuisinier, de charcutier, de pêcheur, comme dit Térence. Ajoutez, si vous voulez, les parfumeurs, les danseurs, et tout ce qui vit des jeux de hasard. Quant aux professions qui exigent plus de savoir et procurent à la société des avantages considérables, comme la médecine, l'architecture, l'enseignement des arts libéraux, celles-là sont honnêtes, pour ceux au rang de qui elles conviennent. Le commerce est ignoble, s'il se fait en petit; mais un grand

ils assis sur le trône. Antisthène, dont la doctrine fut exagérée par ses disciples, disait : *populares deos multos, naturalem unum esse*. On sait jusqu'où allait Diogène.

et riche négoce, qui apporte de tous les pays beaucoup de marchandises et les distribue sans fraude à beaucoup d'acheteurs, n'est pas absolument à blâmer. Et même, si rassasié de profits, ou plutôt bornant ses désirs, après s'être souvent retiré de la mer dans le port, il se retire du port même dans quelque domaine des champs, il a droit, selon moi, à tous nos éloges. Mais parmi les moyens d'accroître sa fortune, il n'en est pas de meilleur que l'agriculture; il n'en est pas de plus productif, de plus doux, de plus digne d'un homme libre. Comme j'en ai parlé assez amplement dans mon Caton l'Ancien, vous emprunterez à ce livre ce qui se rapportera au sujet qui nous occupe[1].

XLIII. Je crois avoir assez montré comment les devoirs découlent des différentes parties de l'honnête. Mais les choses mêmes qui en ont le caractère peuvent être comparées entre elles: et il arrive souvent qu'on se demande, de deux choses honnêtes, laquelle l'est davantage; question qui a été omise par Panétius. En effet, puisque toute honnêteté dérive de quatre principes, la connaissance, la sociabilité, la force d'âme, la modération, il n'est pas rare que, dans le choix des devoirs, il faille mettre ces principes en parallèle. Pour moi, je considère comme plus conformes à la nature les devoirs fondés sur l'état de société que ceux qui dérivent du principe de connaissance. Pour le prouver, imaginez un sage, au milieu de l'affluence de tous les biens, libre d'étudier et de contempler à loisir tout ce qui mérite d'être connu; je dis que s'il est environné d'une telle solitude qu'il ne puisse voir un homme, il sera tenté de renoncer à la vie. De plus, la première de toutes les vertus est cette sagesse que les Grecs appellent σοφία; car la prudence, qu'ils nomment φρόνησις, nous présente une autre idée: c'est le discernement de ce qui est à rechercher ou à fuir[2].

1. Ce chapitre et toutes ces condamnations portées contre le travail et ceux qui s'y livrent dans l'intérêt de la société donneraient une triste idée de la libéralité d'esprit de Cicéron, si l'on ne se rappelait que les arts mécaniques étaient, chez les anciens, le partage des esclaves. Un homme, même un homme de génie, ne peut, quoi qu'il fasse, échapper complétement à tous les préjugés qui dominent son siècle.

2. Voici, sous une forme syllogistique, le résumé de ce raisonnement: La sagesse est la première des vertus; or, la sagesse com-

Or, la sagesse, cette reine des vertus, est la science des choses divines et humaines, et cette science embrasse les rapports des dieux et des hommes, et la société qui unit les hommes entre eux. Si donc la sagesse est la plus grande des vertus, comme elle l'est certainement, il s'ensuit que le devoir qui naît de l'association est le premier des devoirs. En effet, la connaissance et la contemplation de la nature seraient stériles et imparfaites, si l'action ne venait à la suite; or, c'est à servir les hommes que l'action consiste surtout, et par conséquent elle intéresse la société humaine: donc le maintien de cette société est préférable à la simple connaissance[1]. Cette vérité éclate dans la conduite de tout homme de bien. En est-il un seul, quelque avide qu'on le suppose de pénétrer et de connaître les secrets de la nature, qui recevant, au milieu des plus hautes et des plus intéressantes méditations, la nouvelle que sa patrie est en danger de périr, et sachant qu'il peut la secourir et la sauver, ne quitte tout à l'instant et n'abandonne ses études, eût-il l'espérance de nombrer les étoiles et de mesurer l'univers? Il en ferait autant pour la cause ou dans le péril d'un père, d'un ami. Ces raisonnements prouvent qu'avant les études et les devoirs qui ont la science pour objet, il faut placer les devoirs de justice, dont la source est dans cette affection mutuelle qui doit être le sentiment le plus doux au cœur de tous les hommes.

XLIV. Ceux mêmes dont la vie entière a été consacrée à l'étude et à l'acquisition des connaissances n'ont pas laissé pour cela de contribuer au bien-être et à l'utilité de leurs semblables. Combien de citoyens, instruits par eux, en sont devenus meilleurs et plus utiles à leur pays! Ainsi furent

prend l'association des dieux et des hommes, et celle des hommes entre eux; donc c'est du principe d'association que dérivent les plus grands des devoirs; conséquence sous laquelle est implicitement sous-entendue cette raison : car les plus grands devoirs ne peuvent découler que de la plus grande des vertus.

1. Toute cette partie du raisonnement revient à ceci : Le maintien de la société est préférable au savoir; car le savoir n'est rien sans l'action, et l'action a surtout pour but de maintenir la société; ou autrement encore : l'action est préférable au savoir, qui sans elle ne serait rien; or, l'action a pour but le maintien de la société: donc le maintien de la société est préférable au savoir.

formés Epaminondas de Thèbes par le pythagoricien Lysis, Dion de Syracuse par Platon, sans parler de tant d'autres. Et moi-même, ce que j'ai rendu de services à la république (si toutefois je lui en ai rendu quelques-uns), est dû aux leçons des maîtres qui ornèrent mon esprit, et le préparèrent au maniement des affaires. Et ce n'est pas seulement pendant qu'ils vivent, et qu'ils sont parmi nous, que les savants communiquent leurs lumières aux hommes avides d'instruction: morts, ils continuent cet enseignement par les œuvres de leur génie. En effet, rien n'a échappé à leurs recherches de ce qui regarde les lois, la morale, les institutions politiques; de sorte qu'ils paraissent n'avoir renoncé à la vie active que pour nous rendre l'action plus facile. Ainsi donc, en se vouant à l'étude des sciences et de la philosophie, c'est encore au bien de l'humanité que ces grands hommes consacrent leur intelligence et leur savoir. Et c'est pour cela que le talent de la parole, joint à une raison solide, est préférable aux dons les plus heureux de la pensée, que ne seconde pas l'éloquence: la pensée est son théâtre à elle-même; la parole étend son action sur la société elle-même. Les abeilles ne se rassemblent pas pour construire des alvéoles et y déposer leur miel; elles construisent des alvéoles parce que la nature les a faites pour se rassembler. Ainsi, et à plus forte raison, les hommes, réunis par la nature, mettent en commun les ressources de leur activité et de leur intelligence. Si donc la vertu qui protége les hommes, je veux dire celle qui repose sur l'état de société, ne se joint à la connaissance des choses, celle-ci devient une curiosité égoïste et vaine; de même que la force d'âme, en dehors des intérêts communs de l'humanité, ne serait qu'une sorte de brutalité sauvage. Il s'ensuit que l'amour de la science importe moins que la grande association des hommes. Et cette association n'est pas, comme quelques-uns le disent, un besoin de la faiblesse, qui, ne pouvant se procurer par elle-même les choses nécessaires à la vie, cherche un appui dans le concours de tous, en sorte que si la subsistance et l'entretien nous étaient fournis, comme on dit, par une baguette magique, les plus beaux esprits laisseraient là toutes les affaires et se livreraient sans réserve au plaisir d'étudier et de connaître. Non; il n'y en a pas un qui n'eût peur de la solitude; qui ne cherchât un compagnon de ses travaux ; qui ne voulût tour à tour enseigner et apprendre, écouter et parler. Il est donc vrai que les devoirs qui tendent au maintien de la société humaine doivent passer avant ceux qui ont pour objet la connaissance et la science.

XLV. Il faut peut-être examiner encore si le bien de cette société, si conforme au vœu de la nature, doit prévaloir toujours sur les droits de la modération et de la pudeur. Je ne le pense pas. Il y a des choses si hideuses, il en est de si flétrissantes, que, même pour sauver sa patrie, un sage ne les ferait jamais. Posidonius en a recueilli de nombreux exemples, mais si repoussants en partie, et si obscènes, qu'on rougirait seulement de les nommer. Personne ne fera donc de tels actes pour la république, et la république non plus ne voudrait pas qu'on les fît à cause d'elle. Heureusement, il ne peut se présenter de conjoncture où l'intérêt du pays exige que le sage commette de pareilles turpitudes. Tenons donc pour démontré que, dans le choix des devoirs, il faut donner la préférence à ceux où la société est intéressée. En effet, le mérite de l'instruction et de la prudence est de régler les actions : d'où il suit que bien agir vaut mieux que bien penser. Mais en voilà assez sur cette matière. A présent que le motif de décider est connu, il ne sera pas difficile, dans la comparaison des devoirs, de juger lequel oblige davantage. Toutefois, entre ceux mêmes que la société nous impose, il est plusieurs degrés, d'après lesquels on peut assigner à chacun le rang qui lui appartient. Ainsi nos premières obligations sont envers les dieux immortels, les secondes envers la patrie, les troisièmes envers nos parents, et après eux, à des degrés différents, envers les autres hommes. Cette courte discussion suffit pour montrer que l'on a coutume de mettre en question non-seulement si une chose est honnête ou honteuse, mais encore, entre deux choses honnêtes, laquelle l'est plus que l'autre. Panétius, comme je l'ai dit, avait oublié ce point. Maintenant, il est temps de poursuivre.

LIVRE SECOND.

De l'utile, de sa nature, des devoirs qui s'y rapportent.

I. Je crois, mon fils, avoir assez montré dans le livre précédent comment les devoirs découlent de l'honnête, et en général de toutes les vertus. Il me reste à expliquer les différentes sortes de devoirs qui ont pour objet le bien-être de la vie, les moyens de pourvoir à nos besoins, l'acquisition de la puissance et des richesses. A ce sujet, on examine, comme je l'ai dit, ce qui est utile, ce qui est nuisible, et entre plusieurs choses utiles, laquelle est plus utile qu'une autre, ou la plus utile de toutes. Telles sont les questions que je vais traiter, après avoir dit quelques mots de mon dessein, et de la pensée qui l'a inspiré. En effet, quoique mes écrits aient éveillé chez un bon nombre de personnes non-seulement le goût de la lecture, mais encore l'idée d'écrire elles-mêmes, il m'arrive néanmoins de craindre qu'il n'y ait de fort honnêtes gens auxquels le nom de la philosophie soit antipathique, et qui s'étonnent du temps et du travail que j'y consacre. Certes, tant que la république a été gouvernée par les hommes à qui elle-même avait confié ses affaires, tous mes soins, toutes mes pensées ont été pour elle; mais quand j'ai vu l'État soumis au pouvoir d'un seul, le conseil et l'autorité privés de leur influence, les grands hommes qui défendaient avec moi la république enlevés à mon amitié, je ne me suis abandonné, ni aux chagrins, qui m'auraient consumé, si je ne les avais combattus, ni à des plaisirs indignes d'un homme éclairé. Et plût au ciel que la république fût demeurée dans la situation où elle était un instant revenue, et qu'elle ne fût pas tombée dans des mains plus empressées à détruire qu'à changer! D'abord, comme à l'époque où elle était encore debout, je m'occuperais beaucoup plus à parler qu'à écrire; ensuite, si j'écrivais, ce ne serait pas sur les matières que je traite aujourd'hui; ce serait pour conserver mes discours, ainsi que je l'ai fait souvent. Mais cette république, objet de tous mes soins, de toutes mes pensées, de tous mes travaux, a cessé d'être, et sa chute a réduit au silence cette noble littérature du forum et du sénat. Or, mon esprit ne pouvant rester oisif, je me suis rappelé les études de mes premières années, et j'ai pensé que le moyen le plus honorable de faire diversion à mes peines était de revenir à la philosophie. Jeune, j'y avais donné, pour m'instruire, un temps considérable; une fois engagé dans la carrière des honneurs et voué tout entier à la chose publique, je n'avais plus pour la philosophie que le peu de moments que me laissaient les affaires de mes amis et celles de l'État. Ces moments, je les passais uniquement à lire; car d'écrire, je n'en avais pas le temps.

II. Ainsi, au milieu des plus grands maux, il semble que j'ai trouvé au moins un avantage, celui d'écrire sur des objets trop ignorés chez nous, et cependant très-dignes d'être connus. Qu'y a-t-il en effet, grands dieux! de plus désirable et de plus beau que la sagesse? qu'y a-t-il de meilleur pour l'homme, et de plus digne de sa nature? Ceux qui la recherchent se nomment philosophes; et la philosophie, si l'on veut traduire ce mot, n'est autre chose que l'étude de la sagesse. Or la sagesse, selon la définition des anciens philosophes, est la science des choses divines et humaines, et des causes dont elles procèdent. Si quelqu'un blâme une pareille étude, je ne vois pas en vérité ce qu'il louera jamais. En effet, soit qu'on cherche l'amusement de l'esprit et une distraction aux soins qui l'occupent, est-il rien de comparable aux jouissances d'une intelligence qui s'applique à découvrir sans cesse quelque moyen de bien vivre, et de vivre heureux? Soit que l'on attache du prix à la constance et à la vertu, c'est là qu'on trouvera les règles qui les enseignent, ou bien elles ne sont nulle part. Or, dire qu'il n'existe pas de règles pour les plus grandes choses, quand les plus petites ne peuvent s'en passer, c'est parler avec peu de réflexion, et se tromper en matière fort grave. Mais si la vertu peut s'enseigner, où en chercher les préceptes, si vous renoncez à cette source d'instruction? Du reste, lorsque j'exhorte à la philosophie, j'ai coutume de traiter ce sujet plus à fond, et c'est ce que j'ai fait dans un autre ouvrage. Ici, j'ai voulu seulement expliquer pourquoi, arraché aux fonctions publiques, je me suis livré de préférence à ces études. Mais une objection m'est faite, et cela par des hommes pleins de savoir et d'érudition, qui demandent si c'est être conséquent avec soi-même que de professer qu'il n'y a rien de certain, et de se proposer cependant des questions à résoudre, par exemple celle des devoirs, dont nous cherchons en ce moment même à tracer les règles. Je voudrais que ceux qui parlent ainsi connussent ma pensée. Il ne faut pas croire que mon esprit erre à l'aventure sans jamais savoir où se prendre. Que serait-ce que notre intelligence, ou plutôt, quelle serait notre vie, avec un système qui supprimerait non-seulement la discussion, mais encore la morale? Mais non; et si l'on dit qu'il y a des choses certaines et des choses incertaines, notre sentiment à nous, c'est qu'il y en a de probables et d'autres qui ne le sont pas. Est-il donc rien qui m'empêche de suivre l'opinion que je trouve probable, de rejeter l'opinion contraire, et d'éviter ainsi la présomption qui affirme, sans rien laisser à la décision du hasard, le plus grand ennemi de la sagesse? Si notre école met tout en controverse, c'est que cette lueur même de probabilité ne peut jaillir que de l'examen contradictoire des deux causes opposées. Mais je crois avoir suffisamment éclairci cette question dans mes Académiques. Quant à vous, mon cher Cicéron, tout initié que vous êtes à la plus ancienne et à la plus noble philosophie par les leçons de Cratippe, le digne émule des créateurs de cette belle doctrine, je n'ai pas voulu que mes idées, qui se rapprochent beaucoup des vôtres, vous fussent inconnues. Mais arrivons enfin à notre sujet.

III. Des cinq points de vue sous lesquels on doit considérer le devoir [1], et dont les deux premiers se rapportent à la bienséance et à l'honnêteté, les deux suivants aux intérêts de la vie, aux richesses, au crédit, à la fortune, le cinquième au choix à faire entre l'honnête et l'utile, lorsqu'ils paraissent être en opposition, j'ai traité la partie qui regarde l'honnête, et je désire qu'elle vous soit parfaitement connue. Celle dont nous allons parler maintenant est précisément ce qu'on nomme l'utile. Trompé par ce mot,

1. Cicéron a donné ces cinq divisions, I, III; Panétius n'en avait donné que trois : l'honnête, l'utile, la lutte entre l'utile et l'honnête. Cicéron ajoute : entre deux choses honnêtes, quelle est la plus honnête; entre deux choses utiles, la plus utile? (Voy. ci-dessous, liv. III, XXV.)

l'usage a fait fausse route, et en est venu insensiblement à séparer l'honnête de l'utile, imaginant une sorte d'honnête qui ne serait pas utile et une sorte d'utile qui ne serait pas honnête, erreur la plus funeste qui ait pu s'introduire parmi les hommes. Des philosophes d'une grande autorité distinguent sans doute, mais dans des vues pures et honnêtes, mais par la seule pensée, trois choses qui par le fait se confondent : ils estiment que tout ce qui est juste est utile, et que tout ce qui est honnête est juste; d'où il résulte que ce qui est honnête ne peut manquer d'être utile. C'est faute de comprendre cette vérité, que certaines personnes, admirant les hommes fourbes et artificieux, prennent la ruse pour de la sagesse. Il importe de les tirer d'erreur, et de donner un meilleur fondement à leurs espérances, en leur apprenant que c'est par des moyens honnêtes et des actions justes, et non par l'astuce et la mauvaise foi, qu'ils parviendront au but de leurs désirs. Parmi les objets qui contribuent au soutien de la vie humaine, il y en a d'inanimés, comme l'or, l'argent, les productions de la terre et autres choses semblables; il y a aussi des êtres animés, qui ont leurs instincts et leurs appétits. De ces derniers, les uns sont privés de raison, les autres en sont doués. La classe des êtres privés de raison comprend les chevaux, les bœufs, les autres animaux domestiques, les abeilles, toutes espèces dont le travail sert à la satisfaction des besoins de l'homme. Celle des êtres raisonnables se divise en deux branches, les dieux et les hommes. Pour les dieux, leur faveur est le prix de l'innocence et de la piété; immédiatement après eux, c'est l'homme qui peut être le plus utile à l'homme. Les objets qui peuvent nuire et porter préjudice sont également animés et inanimés. Mais comme on ne suppose pas que les dieux nuisent, eux mis à part, on estime que rien ne fait plus de mal à l'homme que l'homme même. En effet, la plupart des choses que nous appelons inanimées sont encore l'ouvrage de l'homme; nous ne pourrions ni les avoir sans l'intervention de la main et de l'art, ni en user sans le concours de nos semblables. Ni la médecine, par exemple, ni la navigation, ni l'agriculture, ni les moyens de recueillir et de conserver les grains et les fruits n'existeraient sans l'industrie humaine. Et l'exportation des denrées surabondantes, et l'importation de celles dont le besoin se ferait sentir, comment auraient-elles lieu, si des hommes ne se chargeaient de cette tâche? Comment les pierres nécessaires à notre usage seraient-elles tirées des carrières, comment le fer, l'airain, l'or, l'argent, enfouis dans les entrailles de la terre, en seraient-ils arrachés, sans le travail de l'homme?

IV. Les maisons, dont l'abri nous défend des rigueurs du froid et nous allége les incommodités de la chaleur, qui les eût, à l'origine des choses, données au genre humain, et qui, dans la suite, les eût relevées, lorsque la tempête, les tremblements de terre, ou la vétusté les auraient abattues, si les hommes réunis en communauté n'eussent appris à invoquer pour ces travaux les secours l'un de l'autre? Ajoutez les aqueducs, les canaux, l'irrigation des terres, les digues opposées aux flots, les ports creusés par l'art: n'est-ce pas uniquement au travail des hommes que nous les devons? Ces exemples et beaucoup d'autres prouvent que de tous les fruits, de tous les avantages que nous tirons des choses inanimées, il n'en est pas un seul dont nous eussions pu jouir sans la coopération des hommes. Enfin, de quelle utilité, de quel profit nous seraient les animaux, sans cette même coopération? Car ce furent évidemment des hommes qui découvrirent les premiers à quel usage ils étaient propres, chacun dans son espèce; et aujourd'hui même, si des hommes ne s'y employaient, nous ne pourrions ni les nourrir, ni les dompter, ni les conserver, ni en retirer dans la saison les produits qu'ils doivent rendre. Et ce sont encore des hommes qui tuent les bêtes malfaisantes, et qui prennent celles dont on peut se servir. Compterai-je le nombre infini des arts, sans lesquels il n'y aurait pas eu d'existence possible? Quels seraient, sans le secours que ces arts nous prêtent, nos ressources contre la maladie, nos jouissances dans la santé, notre nourriture, nos vêtements, toutes choses qui embellissent la vie humaine et la mettent si fort au-dessus de la condition des bêtes? Et les villes, comment, sans les réunions d'hommes, auraient-elles pu être ou bâties ou peuplées? Or, de là naquirent les lois et les coutumes; bientôt les droits de tous furent fixés selon l'équité, et la vie eut des règles certaines. A la suite vinrent l'adoucissement des esprits et le respect des bienséances; enfin l'existence fut mieux protégée.

On apprit à donner, à recevoir, et par ce mutuel échange des ressources individuelles, tous les besoins furent satisfaits.

V. Je m'arrête sur ce sujet plus que la nécessité ne l'exige. Qui ne tient en effet pour évident ce que Panétius démontre fort au long, que jamais un général dans la guerre, un homme d'État dans la paix, n'ont rien fait de grand et d'utile sans le concours des hommes. Il cite Thémistocle, Périclès, Cyrus, Agésilas, Alexandre, qui, dit-il, n'auraient pas accompli de si grands desseins, si les hommes ne les eussent secondés. C'est invoquer, dans une question non douteuse, des témoins qui ne sont pas nécessaires. Mais si nous retirons de précieux avantages de la coopération des hommes et de l'accord de leurs volontés, il n'est pas non plus de maux si affreux dont l'homme ne soit pour ses semblables la cause la plus active. Il existe sur la destruction de l'espèce humaine un livre de Dicéarque, péripatéticien célèbre et d'une élocution abondante, qui, après avoir énuméré tous les fléaux, les déluges, les pestes, les stérilités, et jusqu'à ces multitudes d'animaux nuisibles, dont il montre que l'invasion subite a quelquefois anéanti des populations entières, en vient à la comparaison, et fait voir combien il a péri plus d'hommes par la fureur des hommes, c'est-à-dire par les guerres ou les séditions, que par toutes les autres calamités ensemble. Ainsi, puisqu'il est hors de doute que ce sont les hommes qui peuvent faire aux hommes le plus de bien et le plus de mal, le propre de la vertu est, selon moi, de gagner leur bienveillance et de s'en faire des auxiliaires dévoués. Les moyens d'employer utilement pour la vie, et les choses inanimées, et les animaux que nous plions à notre usage, appartiennent aux industries laborieuses; mais disposer des volontés humaines, et les intéresser à notre agrandissement, c'est l'œuvre de la sagesse et de la vertu des hommes supérieurs. La vertu en général roule sur trois principes : le premier, c'est de distinguer ce qu'il y a dans les choses de vrai et de naturel, d'en connaître les rapports, les conséquences, les origines et les causes; le second, c'est de réprimer les mouvements tumultueux de l'âme, que les Grecs nomment πάθη, et de soumettre au joug de la raison les appétits, qu'il appellent ὁρμάς; le troisième, c'est de nous conduire envers les autres membres de la société avec une mesure et une intelligence qui nous assure leur appui, soit pour arriver à la satisfaction complète des besoins de la nature, soit pour repousser les injures dont nous serions menacés, ou nous venger de ceux qui auraient essayé de nous nuire, et les en punir autant que le permettent la justice et l'humanité.

VI. Par quels moyens pouvons-nous réussir à nous concilier la bienveillance des hommes et à la conserver, je le dirai bientôt; mais auparavant une réflexion est nécessaire. Personne n'ignore la double influence de la fortune, et combien elle a de part à nos succès et à nos revers. Son souffle nous est-il favorable; nous arrivons heureusement au but de nos désirs. Vient-il à changer; nous sommes abîmés. Or, cette fortune elle-même a ses coups extraordinaires : ce sont, du côté des choses inanimées, les ouragans, les tempêtes, les naufrages, les écroulements, les incendies; et dans le règne animal, l'irruption des bêtes qui dardent, qui déchirent ou qui tuent par leur choc. Ces fléaux, je l'ai dit, ne sont pas ordinaires. Mais les armées détruites (trois dans ces derniers temps, tant d'autres dans tous les temps); mais les généraux frappés d'un de ces revers qui nous ont enlevé naguère un si grand homme; mais les préventions populaires, et, à leur suite, le bannissement, la ruine, l'exil volontaire de citoyens, distingués souvent par de grands services; et d'une autre part, les prospérités, les honneurs, les commandements, les victoires, tous ces événements heureux ou funestes, n'arriveraient pas, tout fortuits qu'ils sont, sans les moyens dont les hommes disposent et sans les passions qui les animent. Cela reconnu, il faut dire maintenant comment nous pourrons mériter l'attachement des hommes et les mettre dans nos intérêts. Si mon discours se prolonge un peu, que l'on veuille bien considérer l'importance de la matière; peut-être alors paraîtra-t-il trop court. Tout ce que les hommes font pour l'agrandissement et la gloire d'un de leurs semblables, ils le donnent ou à la bienveillance, lorsqu'ils ont quelque raison de l'aimer; ou à l'estime, s'ils admirent sa vertu et le jugent digne de la plus haute fortune; ou à la confiance, parce qu'ils croient leurs intérêts bien placés dans ses mains; ou à la crainte que sa puissance leur inspire; ou au contraire, à l'espérance d'en obtenir quelque chose, comme lorsque des rois ou des citoyens ambitieux de popularité annoncent des largesses publiques; ou encore à l'attrait de l'or et d'un vil salaire, de toutes les séductions la plus honteuse et la plus dégradante, et pour ceux qui ont la faiblesse d'y céder, et pour ceux qui ne craignent pas d'y recourir. Le mal est grand, en effet, lorsqu'on demande à l'argent ce qui doit être le prix du mérite. Mais comme c'est quelquefois une ressource indispensable, je dirai de quelle manière il en faut user, après avoir parlé d'abord de ce qui est plus conforme à la vertu. Il arrive aussi que les hommes se soumettent au pouvoir et à l'autorité d'un autre homme pour plusieurs motifs. Ils sont déterminés ou par l'affection qu'ils lui portent, ou par la grandeur de ses bienfaits, ou par l'éclat de son mérite, ou par l'espérance de quelque avantage, ou par la crainte d'être réduits violemment à l'obéissance, ou par l'appât des largesses et des promesses, ou enfin, comme nous le voyons souvent dans notre république, ils se vendent pour de l'or.

VII. De tous les moyens d'établir et d'assurer sa grandeur, il n'en est pas de meilleur que de se faire aimer, de plus mauvais que de se faire craindre. Ennius a fort bien dit : « Celui qu'on redoute, on le hait, et celui qu'on hait, on désire sa perte. » Or, il n'y a pas de puissance qui tienne contre les haines que beaucoup d'hommes partagent; si on a pu l'ignorer, on le sait maintenant. Et ce n'est pas seulement la chute du tyran dont la république opprimée par les armes a subi le joug, et auquel, tout mort qu'il est, elle obéit encore, qui montre combien la haine publique peut devenir fatale; c'est aussi la fin des autres tyrans, dont il n'est presque pas un seul qui ait échappé à une catastrophe semblable. La crainte est une mauvaise garantie de durée; la bienveillance, au contraire, est fidèle à jamais. Je conçois la rigueur chez ceux qui exercent une autorité imposée par la force, chez des maîtres, par exemple, envers leurs esclaves, s'ils ne peuvent autrement les contenir. Mais dans un État libre, prendre ses mesures pour être craint, c'est le comble de la démence. Quelque abaissées que soient les lois sous la puissance d'un homme, quelque intimidée que soit la liberté, elle se fait jour tôt ou tard, ou par des protestations muettes, ou aux comices par des votes secrets. Or, la liberté un instant suspendue aiguillonne bien plus fortement les âmes que si on l'eût toujours possédée. Embrassons donc le moyen le plus fécond en résultats, celui qui nous promet non-seulement la sûreté, mais encore le crédit et la puissance : au lieu d'être craints, soyons aimés. C'est la voie la plus facile pour arriver, et dans la vie privée, et dans l'ordre politique, au but de nos désirs. En effet, quiconque veut être craint se condamne à redouter lui-même ceux qui le redouteront. Pensons-nous qu'il ne fût pas en proie à tous les tourments d'une peur qui ne cessait jamais, ce Denys l'ancien, qui, craignant le rasoir du barbier, se brûlait le poil avec un charbon ardent? Et Alexandre de Phères, quelle vie croyons-nous que fût la sienne, quand nous lisons qu'aimant passionnément sa femme Thébé, jamais cependant il ne quittait la table pour se rendre chez elle, sans faire marcher devant lui, l'épée nue à la main, un barbare, marqué au front, dit l'histoire, à la manière des Thraces, et sans envoyer en avant plusieurs de ses satellites, pour visiter les coffres de sa femme et pour s'assurer s'il n'y avait pas quelque poignard caché parmi ses vêtements? Malheureux, qui croyait plus à la foi d'un barbare, d'un homme flétri de stigmates, qu'à celle de son épouse! Il ne s'y trompait pas néanmoins : ce fut elle, en effet, qui le tua sur un soupçon d'infidélité. Non, il n'est pas de puissance assez forte pour durer longtemps, quand la crainte en est le ressort. Témoin Phalaris, dont la cruauté est fameuse entre toutes les cruautés. Il ne périt pas comme le tyran de Phères, victime d'une surprise, ni comme le nôtre, sous les coups de quelques hommes; la population d'Agrigente se précipita sur lui tout entière. Et les Macédoniens? ne les vit-on pas abandonner Démétrius, et se ranger en masse sous les drapeaux de Pyrrhus? Et les Lacédémoniens, pour avoir abusé du pouvoir, ne furent-ils pas tout à coup délaissés de presque tous leurs alliés, qui restèrent spectateurs immobiles du désastre de Leuctres?

VIII. Je préfère, dans un tel sujet, les exemples étrangers aux souvenirs domestiques. Cependant, aussi longtemps que la domination du peuple romain fut appuyée sur des bienfaits, et non sur des injustices, les guerres se firent ou pour la cause des alliés, ou pour la suprématie; et la clémence ou la nécessité en réglèrent les suites; et le sénat était le port et le refuge des rois, des peuples, des nations.

Nos magistrats et nos généraux mettaient leur gloire et leur ambition à pourvoir par la justice et la loyauté au salut des alliés et des provinces. Aussi peut-on dire que l'univers était sous la protection, bien plus encore que sous l'empire de Rome. Cette coutume et cette politique allaient déjà s'affaiblissant peu à peu, lorsque la victoire de Sylla acheva de les renverser. On cessa de croire qu'il y eût rien d'inique envers les alliés, après ce que la cruauté s'était permis contre les citoyens. Ainsi, dans une cause honorable, Sylla déshonora la victoire : il osa dire, après avoir dressé la pique des enchères, lorsqu'il vendait publiquement les biens d'hommes honnêtes, riches, citoyens tout au moins, qu'il vendait son butin. Un autre est venu après lui, qui, dans une cause impie et une victoire plus honteuse encore, au lieu de se borner à des confiscations individuelles, a enveloppé dans une calamité commune des provinces et des contrées entières. Après la ruine et la spoliation des pays étrangers, nous avons vu, comme symbole de la perte de notre empire, l'image de Marseille portée devant un char de triomphe, et un homme triomphant de cette ville, sans laquelle nos généraux ne triomphèrent jamais dans les guerres transalpines. Je rappellerais beaucoup d'autres attentats commis contre nos alliés, si celui-là n'était le plus indigne qu'ait jamais éclairé le soleil. Nous sommes donc frappés justement; si nous n'eussions pas souffert que les crimes de tant d'autres demeurassent impunis, jamais un tel abus de la puissance n'eût été possible à un homme. Et cet homme, s'il a laissé peu d'héritiers de sa fortune, combien de méchants n'ont pas hérité de ses passions! Non, le germe et les causes des guerres civiles ne manqueront pas, tant que des gens perdus de bien et d'honneur auront devant les yeux, comme un souvenir et comme une espérance, cette pique ensanglantée que dressa, sous la dictature de son parent, Publius Sylla, le même qui, trente-six ans après, ne fit pas défaut à des enchères plus criminelles encore. Un autre, simple greffier sous la première dictature, était, sous la seconde, questeur de la ville. Avec l'appât de telles récompenses, est-il possible que les guerres civiles manquent jamais? Aussi ne reste-t-il de Rome qu'un amas d'édifices, menacés eux-mêmes des derniers attentats; mais la république, nous l'avons entièrement perdue. Or, nous sommes tombés dans cet abîme de maux (car il faut revenir à notre sujet), pour avoir voulu inspirer la crainte plutôt que l'attachement et la reconnaissance. Que si l'abus de la domination a pu attirer sur le peuple romain tant de calamités, que doivent donc attendre des particuliers? Puisqu'il est évident qu'il n'y a pas de plus ferme appui que la bienveillance, de plus faible que la crainte, il nous reste à expliquer de quelle manière nous pourrons le mieux obtenir cette affection, accompagnée d'estime et de confiance, qui est l'objet de nos vœux. Mais nous n'en avons pas tous besoin au même degré. Il dépend du plan de vie que nous avons embrassé, qu'il nous importe d'avoir beaucoup d'amis, ou qu'un petit nombre nous suffise. Posons donc en principe que la première chose et la plus nécessaire est d'avoir des amis sûrs, des amis qui nous chérissent, et qui aient de nous une haute opinion. C'est un point où il y a peu de différence entre les grandes et les médiocres fortunes, et de telles liaisons sont à peu près aussi désirables dans les unes que dans les autres. L'honneur, au contraire, la gloire, la popularité, ne sont peut-être pas nécessaires également à tout le monde : cependant celui qui les possède y trouvera des moyens d'action, ne fût-ce que pour se concilier des amitiés.

IX. Mais j'ai traité de l'amitié dans un autre livre intitulé Lélius. Parlons maintenant de la gloire, sur laquelle, au reste, j'ai aussi composé deux livres. Touchons-en pourtant quelque chose, à cause des facilités qu'elle procure pour le maniement des grandes affaires. La gloire, à son plus haut degré, se forme de trois éléments, l'amour du peuple, sa confiance, et cette admiration qui le porte à nous croire dignes d'honneur. Ces sentiments, s'il faut le dire simplement et en peu de mots, on les inspire à peu près par les mêmes moyens à la multitude qu'aux individus. Mais il est encore auprès de celle-là d'autres recommandations, et comme de certaines entrées par où l'on peut s'insinuer dans les esprits de tout un peuple. Et d'abord, des trois sentiments dont nous venons de parler, voyons premièrement la bienveillance, et les préceptes qui s'y rapportent. Le meilleur moyen de la gagner, ce sont les bienfaits; ensuite, c'est la volonté de faire du bien, lors même qu'on n'en aurait pas la faculté. Mais l'affection populaire est vivement excitée par la réputation seule de libéralité, de bienfaisance, de justice, de bonne foi, et de toutes ces vertus qui tiennent à la douceur et à la facilité des mœurs. En effet, puisque la bienséance et l'honnêteté plaisent par elles-mêmes, et ont certains charmes naturels qui attirent tous les cœurs, et que c'est, pour ainsi dire, à travers les qualités que je viens de nommer qu'elles brillent de leur éclat le plus vif, il s'ensuit que nous sommes forcés par la nature même de chérir ceux en qui nous croyons apercevoir ces qualités. Voilà les raisons les plus décisives d'aimer; car il peut y en avoir encore d'autres plus considérables. Quant à la confiance, nous pourrons l'obtenir, si l'on reconnaît en nous la réunion de deux vertus, la prudence et la justice. En effet, l'on donne sa confiance à celui qu'on suppose plus éclairé que soi, à celui que l'on croit habile à prévoir l'avenir, et capable, au moment de l'action et dans la crise des affaires, de trouver des expédients et de prendre conseil des circonstances. Voilà ce que l'on regarde généralement comme la prudence utile, la véritable prudence. D'un autre côté, les hommes justes, les hommes sûrs, en un mot, les honnêtes gens, inspirent une confiance qui éloigne d'eux tout soupçon d'injustice et de mauvaise foi. Aussi croyons-nous bien faire de remettre en leurs mains notre existence, nos fortunes, nos enfants. Entre ces deux moyens d'obtenir la confiance, c'est la justice qui est le plus efficace : en effet, elle a seule, et sans la prudence, assez d'autorité sur les esprits, tandis qu'on n'ose se fier à la prudence séparée de la justice. Plus un homme est adroit et fertile en ressources, plus il est odieux et suspect, si sa probité est décriée. Ainsi la justice unie à l'intelligence aura, pour attirer la confiance, autant de force qu'il lui plaira d'en avoir; la justice sans la prudence en aura beaucoup; la prudence sans la justice n'en aura aucune.

X. Et qu'on ne s'étonne pas si, après avoir soutenu plus d'une fois, avec tous les philosophes [1], que celui qui possède une vertu les possède toutes, je sépare maintenant les vertus, comme si quelqu'un pouvait être juste sans être prudent. Autre chose est de rechercher, dans une discussion rigoureuse, la vérité absolue; autre chose, d'accom-

1. Dans les Tusculanes, et dans le liv. III, *de Finibus*.

moder son langage aux opinions communes. Je parle donc en ce moment comme le vulgaire, et j'appelle celui-ci courageux, celui-là honnête homme, cet autre prudent. Il faut se servir des termes populaires et usités, lorsque nous parlons des idées populaires, comme l'a fait Panétius. Mais revenons à notre sujet. Des trois principes que nous avons assignés à la gloire, le troisième était ce sentiment d'admiration qui fait que les hommes nous jugent dignes d'honneur. L'admiration publique s'étend à tout ce qui porte un caractère de grandeur, et dépasse les idées communes; mais elle s'attache particulièrement à ceux en qui se révèlent des qualités qu'on ne soupçonnait pas. Ainsi on admire, on exalte les hommes chez lesquels on croit reconnaître des vertus éminentes, et qui les distinguent de la foule. On dédaigne au contraire et l'on méprise ceux à qui l'on ne trouve ni vertu, ni courage, ni énergie. Car on ne méprise pas tous ceux dont on pense mal. Ceux qu'on regarde comme des gens sans probité, des médisants, des fourbes, des méchants toujours prêts à nuire, on ne les méprise pas; on en pense du mal. Le mépris, comme je viens de le dire, s'adresse donc à celui qui n'est bon ni pour soi, ni pour autrui, selon le proverbe, et chez lequel on ne remarque ni travail, ni talent, ni soin d'aucune espèce; l'admiration, à ceux qui ont la réputation de surpasser les autres en vertu, et d'être exempts non-seulement des vices qui déshonorent, mais encore de ces faiblesses dont il est si difficile de se garantir. Les voluptés, en effet, dont l'empire est si séduisant, détournent de la vertu les plus nobles facultés de l'âme; et, d'un autre côté, la douleur a des atteintes dont la plupart des hommes s'effrayent outre mesure. Les idées de vie, de mort, de richesses, de pauvreté, font sur tous les esprits de profondes impressions. S'il s'en trouve qui soient assez hauts et assez fermes pour n'en être émus ni dans un sens ni dans l'autre, et qui, en présence d'une tâche grande et honorable, se sentent saisis d'enthousiasme, et s'y dévouent tout entiers, qui n'admirerait en eux l'éclat et la beauté de la vertu?

XI. Cette hauteur d'une âme généreuse est donc un grand sujet d'admiration. Mais c'est la justice (cette vertu qui à elle seule fait l'honnête homme) qui excite chez la multitude les plus vifs transports. Et ce n'est point sans raison;

nul, en effet, ne peut être juste, s'il craint la mort, la douleur, l'exil, l'indigence, ou s'il préfère à l'équité le contraire de ces choses. On admire avant tout celui qui est à l'épreuve de l'argent : l'homme en qui l'on a reconnu ce caractère ressemble à l'or éprouvé par le feu. Ainsi les trois conditions auxquelles j'ai mis la gloire sont toutes renfermées dans la justice : la bienveillance, parce que l'homme juste veut être utile au plus grand nombre; la confiance, par la même raison; l'admiration, parce qu'il dédaigne et méprise les objets qui allument dans la plupart des âmes les plus ardentes convoitises. J'ajouterai que, selon moi, il n'est pas d'état ni de genre de vie où le secours des hommes ne soit nécessaire, où l'on n'éprouve surtout le besoin d'avoir avec qui s'entretenir dans une libre familiarité; or cela est difficile, si l'on ne porte sur le front le caractère de l'honnête homme. Oui, celui même qui passe à la campagne une vie solitaire a besoin d'avoir une réputation de probité; d'autant plus que si elle lui manque, il aura nécessairement la réputation contraire, et que, ne trouvant pas d'appuis autour de lui, il sera exposé à toutes sortes d'insultes. Que dirai-je de ceux qui vendent ou achètent, qui prennent ou donnent à loyer, qui s'engagent dans des relations de commerce et d'affaires? A tous il faut de la justice pour réussir. Telle est la puissance de cette vertu, que ceux même qui vivent de méfaits et de crimes ne pourraient exister sans quelque reste de justice. Le voleur qui dérobe ou qui arrache quelque dépouille à un voleur de sa bande se fait repousser même du métier de brigand. Le capitaine de pirates qui ne ferait pas une équitable distribution des prises serait tué par ses complices, ou en serait abandonné. On dit même que les brigands ont des lois, auxquelles ils obéissent, et qui leur servent de règles. Ce fut l'équité dans le partage du butin qui donna une si grande puissance à Bardylis, ce brigand d'Illyrie, dont parle Théopompe, et une plus grande encore au Lusitanien Viriathe, devant qui nos généraux et nos armées reculèrent, jusqu'au moment où Caïus Lélius, celui qu'on appelle le sage, étant préteur, lui porta des coups qui minèrent ses forces, et abattirent si complétement son audace, qu'après Lélius, la guerre devint facile. Si donc la justice est assez forte pour soutenir et faire prospérer des brigands, quelle doit être son influence dans un État qui a des lois, des jugements, une constitution régulière.

XII. Ce qu'Hérodote dit des Mèdes se peut dire aussi, je crois, de nos ancêtres, que, pour jouir des bienfaits de la justice, ils choisirent des hommes de mœurs exemplaires et les firent rois. En effet, la multitude étant, dans le principe, opprimée par les plus puissants, on avait recours à quelque personnage d'une vertu éminente, qui, en protégeant les faibles contre l'injure, faisait régner l'équité, et contenait dans les limites d'un même droit les grands et les petits. La cause qui avait fait les rois fit aussi les lois. Toujours on chercha un droit égal pour tous; autrement ce ne serait pas le droit. Si les peuples l'obtenaient d'un homme juste et bon, ils ne demandaient rien de plus. Comme on n'avait pas toujours ce bonheur, on inventa les lois, destinées à parler à tous et dans tous les temps un seul et même langage. Il est donc aisé de voir que ceux-là étaient appelés au commandement, qui avaient su donner à la multitude la plus haute idée de leur justice. Si à cette réputation ils joignaient celle de la prudence, il n'était pas d'avantage que les hommes ne se promissent avec de tels guides. Il faut donc pratiquer la justice, et la maintenir en toute occasion : d'abord pour elle-même, autrement ce ne serait pas la justice; ensuite pour notre agrandissement et notre gloire. Mais comme il est un art non-seulement d'amasser de l'argent, mais encore de le placer, et d'en tirer des revenus qui fournissent sans s'épuiser aux dépenses et de nécessité et de convenance, il en est un aussi d'acquérir la gloire et de la bien placer. Au reste, Socrate a dit fort sagement que le chemin le plus court et le plus direct pour arriver à la gloire était de travailler à être tel que l'on veut paraître. S'imaginer qu'avec de faux semblants et une vaine ostentation, en composant son air et son langage, on peut acquérir une gloire solide, ce serait s'abuser étrangement. La vraie gloire pousse des racines et s'étend de proche en proche; la fausse est comme une fleur qui tombe au premier souffle; et rien de ce qui est feint ne peut être durable. Les témoins abondent à l'appui de cette double vérité. Pour abréger, nous n'en prendrons que dans une seule famille. Tibérius Gracchus, fils de Publius, sera loué aussi longtemps que les actions du peuple romain se conserveront dans la mémoire des hommes; ses fils, qui vivants n'étaient pas approuvés des gens de bien, passent, après leur mort, pour avoir été tués justement.

XIII. Que celui donc qui veut acquérir la véritable gloire accomplisse les devoirs de la justice. J'ai dit dans le livre précédent quels étaient ces devoirs. Mais, quoique le moyen le plus facile de paraître tels que nous sommes soit d'être tels que nous voulons paraître, il y a cependant quelques préceptes à donner. Lorsqu'un jeune homme entre dans la vie avec un nom déjà célèbre, soit qu'il tienne cette célébrité de son père (et je crois, mon cher Cicéron, que vous avez cet avantage), soit qu'il la doive aux événements et à la fortune, tous les regards se tournent vers lui; on s'enquiert de ce qu'il fait, de la manière dont il vit; et, comme s'il était environné d'une éclatante lumière, aucune de ses paroles ni de ses actions ne peut être cachée. Quant à ceux dont une condition humble et obscure a dérobé les premières années à la connaissance des hommes, ils doivent, dès leur jeunesse, viser aux grandes choses, et y tendre par le meilleur emploi de leurs facultés; ce qu'ils feront avec d'autant plus de confiance, que, loin d'être en butte à l'envie, cet âge inspire de l'intérêt. Le premier titre d'un jeune homme à la gloire, c'est de se distinguer, s'il le peut, dans la carrière des armes. C'est par là que, chez nos ancêtres, beaucoup de réputations ont commencé; car on avait presque toujours les armes à la main. Mais vos débuts dans la vie ont rencontré une guerre où l'un des deux partis fut trop coupable, où l'autre fut trop malheureux. Dans cette guerre cependant, Pompée vous ayant donné le commandement d'une aile de cavalerie, vous sûtes mériter les éloges de ce grand homme et ceux de l'armée, par la manière dont on vous voyait manier un cheval, lancer le javelot, supporter tous les travaux du soldat. Hélas! cette gloire est tombée avec la république. Mais je n'ai pas touché ce sujet pour parler de vous; je parlais de la gloire militaire en général. Passons donc à ce qui nous reste à dire. Comme, en toutes choses, les œuvres de l'esprit l'emportent beaucoup sur celles du corps, ainsi les professions où tout dépend du talent et de l'intelligence donnent plus de popularité que celles où l'on n'a besoin que de force. La première qualité qui recommande un jeune homme, c'est donc la modestie, jointe à la piété filiale et à l'affection pour ses proches. Mais le moyen le plus facile et le plus avantageux qu'il ait de se faire connaître, c'est de s'attacher à des hommes illustres, sages et dévoués à la république. Son assiduité auprès d'eux donnera lieu au public de penser qu'il ressemblera un jour à ceux qu'il s'est choisis pour modèles. La jeunesse de P. Rutilius trouva dans la maison de P. Scévola les premiers titres à sa double réputation d'intégrité et de connaissance du droit. Quant à L. Crassus, il acquit aussi, tout jeune encore, une grande illustration; mais il n'en dut rien à personne : il se la créa tout entière à lui-même par sa mémorable et glorieuse accusation; et à un âge où c'est déjà un mérite de s'exercer, comme on dit que le faisait Démosthène, Crassus se montra capable de soutenir au Forum ces luttes auxquelles il pouvait avec honneur se préparer encore par des études domestiques.

XIV. Le langage ayant deux objets différents, la conversation et le discours soutenu, il n'est pas douteux que ce dernier ne soit le plus efficace pour conduire à la gloire : c'est, en effet, ce que nous appelons l'éloquence. Toutefois on ne saurait dire à quel point la douceur et la politesse du discours familier peuvent nous concilier les esprits. Il existe des lettres de Philippe à Alexandre, d'Antipater à Cassandre, d'Antigone à Philippe son fils. Ces trois princes, dont l'histoire vante la prudence, recommandent à leurs enfants d'attirer les cœurs de la multitude par un langage bienveillant, et de gagner les soldats avec des paroles caressantes. Mais un discours prononcé devant le peuple avec l'accent oratoire enlève souvent l'assemblée tout entière. Une grande admiration s'attache, en effet, à celui qui parle avec abondance et avec sagesse. Ceux qui l'entendent lui croient plus d'intelligence et plus de lumières qu'au reste des hommes. Que si le discours est empreint d'une gravité mêlée de modestie, rien ne se peut voir de plus admirable, surtout quand ce double mérite se rencontre dans un jeune homme. Mais comme il y a plusieurs genres d'affaires qui exigent l'emploi de l'éloquence, et que beaucoup de jeunes gens, dans notre république, se sont fait un nom en parlant, soit devant des juges, soit au sénat, disons que c'est dans les jugements que la parole obtient ses plus beaux triomphes. Elle s'y peut signaler de deux manières, par l'accusation et par la défense. La défense est la plus louable sans doute; cependant l'accusation elle-même a été plus d'une fois approuvée. Je parlais tout à l'heure de Crassus; comme lui, M. Antonius accusa étant jeune. Ce fut aussi une accusation qui mit en lumière l'éloquence de P. Sulpicius, lorsqu'il appela en jugement un séditieux et un mauvais citoyen, C. Norbanus. Mais il ne faut pas accuser souvent, et on ne doit le faire que dans l'intérêt public, comme les orateurs que je viens de nommer; ou dans celui d'une juste vengeance, comme les deux Lucullus; ou pour défendre des opprimés, comme moi dans la cause des Siciliens, et Julius, dans celle des Sardes contre Albucius. C'est aussi en accusant M. Aquilius, que Lucius Fufius fit connaître son talent. Accusons donc une seule fois, tout au plus un petit nombre de fois. S'il en est qui soient obligés de prendre plus souvent ce parti, qu'ils s'y résignent en faveur de la république, dont on peut toujours poursuivre les ennemis sans encourir de blâme. Encore y faut-il de la mesure; car il est d'un homme dur, ou plutôt il est à peine d'un homme, de mettre sans cesse en péril la tête de ses semblables. Outre que c'est un rôle dangereux, c'est encore une tache à la réputation que de mériter le nom d'accusateur, comme il est arrivé au rejeton d'une grande famille, à M. Brutus, fils de celui qui fut célèbre par son habileté dans le droit civil. Il est encore une règle de conduite qu'il faut observer inviolablement : c'est de ne jamais intenter à un innocent d'accusation capitale. On ne peut, en aucun cas, se le permettre sans crime. Qu'y a-t-il en effet de si barbare, que de faire servir au malheur et à la perte des gens de bien cette éloquence qui nous est donnée par la nature pour le salut et la conservation des hommes? Mais s'il faut éviter d'accuser un innocent, il ne faut pas toujours se faire scrupule de défendre un coupable, pourvu que ce ne soit pas un scélérat et un impie. Le peuple veut que nous le fassions; l'usage l'autorise, l'humanité même nous y porte. Le devoir du juge est de chercher le vrai dans toute espèce de cause; le défenseur peut soutenir quelquefois le vraisemblable, quand ce ne serait pas l'exacte vérité : chose que je n'oserais pas écrire, surtout dans un livre de philosophie, si le plus grave des stoïciens, Panétius, ne l'eût dite avant moi. Mais c'est principalement par la défense que l'on acquiert de la gloire et du crédit; et le succès est à son comble, s'il arrive que l'on vienne au secours du faible en butte à l'injustice et aux persécutions d'un ennemi puissant. Je l'ai fait plus d'une fois, et particulièrement lorsque, dans ma jeunesse, je défendis S. Roscius d'Amérie contre l'influence alors toute-puissante de Sylla. Ce discours existe, comme vous savez.

XV. Après avoir exposé les devoirs que les jeunes gens ont à remplir, s'ils veulent acquérir de la gloire, il nous reste à parler de la bienfaisance et de la générosité. Elles se présentent sous un double aspect. En effet, nous pouvons aider ou de nos services ou de notre argent ceux qui ont besoin de nous. Le dernier moyen est le plus facile, surtout pour le riche; l'autre est plus honorable, plus brillant, plus digne d'une âme forte et d'un homme distingué. Sans doute l'intention généreuse d'obliger se montre dans tous les deux; mais dans l'un c'est la cassette qui fait les frais du bienfait, dans l'autre c'est la vertu; et les largesses qui prennent sur le patrimoine tarissent la source même de la générosité. Ainsi la bienfaisance use la bienfaisance; et plus vous l'aurez souvent pratiquée, moins vous pourrez continuer de le faire. Il n'en est pas de même de celui qui se montre libéral et généreux par de bons offices, c'est-à-dire par l'emploi de sa vertu et de ses talents : plus sera grand le nombre de ses obligés, plus il trouvera d'appui pour obliger encore. Ensuite l'habitude de la bienfaisance le disposera de plus en plus à multiplier ses services, et sa main, pour ainsi dire, en sera plus exercée. C'est avec beaucoup de raison que Philippe, dans une lettre à son fils Alexandre, le blâme de capter par des largesses la bienveillance des Macédoniens : « Quelle malheureuse idée, lui dit-il, avez-« vous de compter sur la fidélité de ceux que votre argent « aura corrompus? Voulez-vous donc que les Macédoniens « vous regardent, non comme leur roi, mais comme leur « ministre et leur trésorier? » Trésorier et ministre est fort bien dit : ces emplois avilissent un roi. Répandre de l'argent c'est corrompre, est mieux dit encore. Celui qui reçoit en devient moins bon, et s'imagine aisément qu'il recevra toujours. Cette leçon que Philippe donne à son fils, persuadons-nous qu'elle s'adresse à tout le monde. Il est donc hors de doute que la libéralité du talent et des bons offices est la plus noble, la plus féconde, celle qui peut être utile à plus de personnes. Néanmoins il faut aussi donner quelquefois, et ce genre de bienfaisance n'est pas tout à fait à rejeter. Il se trouve souvent des hommes dont le caractère et les besoins méritent que nous les aidions de notre bourse; mais il faut le faire avec discernement et avec mesure. Beaucoup de patrimoines ont été dissipés en largesses irréfléchies. Or, quelle folie de se mettre dans l'impuissance de faire longtemps ce que l'on fait avec plaisir! Ajoutons que la prodigalité amène les rapines. Quand on s'est appauvri en donnant, on est réduit à porter la main sur le bien d'autrui. Ainsi, c'est pour se faire des amis que l'on veut être généreux, et, en général, la reconnaissance de ceux à qui l'on a donné n'égale jamais la haine de ceux qu'on a dépouillés. Il ne faut donc pas fermer si bien notre bourse, que la bienfaisance ne puisse l'ouvrir, ni la tenir si ouverte, que tout le monde y puisse mettre la main. Gardons une certaine mesure, et qu'elle soit limitée par notre fortune. Nous devons, dans tous les cas, nous souvenir de ce mot si souvent répété parmi nous, et qui est passé en proverbe : Profusion n'a pas de fond. Où s'arrêter, en effet, lorsqu'aux habitués qui demandent encore se joignent des nouveaux venus qui demandent aussi?

XVI. Il y a deux espèces de gens qui donnent, le prodigue et l'homme libéral : le prodigue qui, épuisant ses richesses dans des festins publics, des distributions de viandes, des spectacles de gladiateurs, et dans l'appareil des jeux et des chasses, se ruine pour des vanités, qui ne doivent laisser qu'un souvenir éphémère ou un oubli profond; l'homme libéral qui, de ses deniers, rachète les captifs des mains des pirates, paye les dettes de ses amis, ou les aide à marier leurs filles, ou leur prête assistance pour faire ou pour accroître leur fortune. Je ne sais, en vérité, quelle était la pensée de Théophraste dans son livre sur les richesses, où, parmi de très-belles choses, j'en trouve une fort étrange. Il ne tarit pas sur l'éloge de la magnificence et de la pompe des fêtes que l'on donne au peuple; et, selon lui, la faculté de faire de telles dépenses est le plus beau fruit de la richesse. Pour moi, j'estime que les libéralités dont je viens de donner quelques exemples en sont un fruit beaucoup plus grand et plus assuré. Avec combien plus de sagesse et de vérité Aristote nous reproche de voir sans étonnement ce que l'on prodigue de trésors pour flatter la multitude! Que les habitants d'une ville assiégée soient réduits à payer une mine le setier d'eau, cela, dit-il, nous paraît d'abord incroyable, tout le monde se récrie; ce n'est qu'après une certaine réflexion qu'on pardonne à la nécessité. Mais ces énormes dépenses, ces profusions sans bornes, elles n'ont rien qui nous surprenne; et, cependant, elles ne soulagent aucun besoin; elles n'augmentent la dignité de personne; elles ne procurent même au peuple qu'un plaisir de peu d'instants, et à l'aide des instruments les plus vils, un plaisir dont le souvenir même périt au moment où la satiété arrive. Le philosophe conclut très-bien que ces pompes sont agréables aux enfants, aux femmes, aux esclaves, et à ceux des hommes libres qui ressemblent le plus à des esclaves, mais qu'un homme grave, et qui pèse les actions au poids du bon sens, ne saurait aucunement les approuver. Je sais, au reste, qu'une coutume qui remonte aux meilleurs temps de notre république demande aux citoyens les plus honorables des édilités splendides. Aussi P. Crassus, surnommé le Riche, et fort riche en effet, s'acquitta de la sienne avec beaucoup d'éclat. Peu de temps après, L. Crassus, en compagnie du plus modéré des hommes, P. Mucius, signala son édilité par une rare magnificence. Vint ensuite C. Claudius, fils d'Appius, puis beaucoup d'autres, les deux Lucullus, Hortensius, Silanus. P. Lentulus, lorsque j'étais consul, l'emporta sur tous ses devanciers; il fut imité par Scaurus. Mais les plus magnifiques de tous les spectacles furent ceux que donna notre grand Pompée pendant son second consulat. Vous voyez, sur tout cela, quel est mon sentiment.

XVII. On doit néanmoins éviter le soupçon d'avarice. Mamercus, homme fort riche, pour avoir franchi l'édilité, n'obtint pas le consulat. Si donc le peuple manifeste un désir, et que les honnêtes gens, sans le partager, ne le désapprouvent pas, il faut se montrer libéral, dans la mesure toutefois de ses facultés, comme je l'ai fait moi-même; il le faut encore, si la munificence doit nous procurer un avantage plus grand que le sacrifice. C'est ainsi qu'Oreste, en donnant des repas dans les rues à titre de dîmes, se fit naguère beaucoup d'honneur. M. Séius ne fut pas blâmé non plus d'avoir, dans un temps de cherté, vendu le blé au peuple un as le modius. Objet d'une grande et longue impopularité, il s'en délivra par une dépense qu'il pouvait faire sans honte, comme édile, et qui ne fut pas excessive. Mais un acte qui honora au plus haut degré Milon, notre ami, ce fut cet achat de gladiateurs qu'il fit dans l'intérêt de la république, intimement lié à celui de ma conservation, et qui le mit en état de réprimer les fureurs et les attentats de Clodius. Les largesses sont donc justifiées ou par la nécessité, ou par l'utilité; et alors encore la modération est-elle la meilleure règle à suivre. L. Philippus, fils de Quintus, homme d'un talent supérieur et de la première distinction, se glorifiait d'être parvenu successivement aux plus hautes dignités sans avoir fait aucune largesse. Cotta et Curion en disaient autant. Moi-même, j'ai quelque droit de me rendre un semblable témoignage; car, à considérer les honneurs où m'ont élevé des suffrages unanimes, et l'année même où j'y pouvais prétendre (ce qui n'est arrivé à aucun de ceux que je viens de nommer), les frais de mon édilité furent certainement peu de chose. Des dépenses mieux faites encore sont celles qui ont pour objet les murailles des villes, les constructions navales, les ports, les aqueducs, et tous les travaux d'utilité publique. Sans doute les libéralités argent comptant, et comme de la main à la main, plaisent davantage; mais l'avenir garde aux autres plus de reconnaissance. Quant aux théâtres, aux portiques, aux temples nouveaux, je me fais scrupule de les critiquer, à cause de Pompée; mais des hommes très-éclairés ne les approuvent pas, entre autres ce même Panétius, que j'ai beaucoup suivi dans cet ouvrage, sans toutefois le traduire; et Démétrius de Phalère, qui blâme Périclès, le premier homme de la Grèce, d'avoir jeté tant d'argent dans les magnificences des Propylées. Mais cette matière est traitée avec soin dans mes livres de la République. Concluons que toutes ces libéralités politiques, mauvaises en principe, nécessaires par circonstance, doivent en tout cas être proportionnées aux fortunes qui en font les frais, et limitées par la modération.

XVIII. Dans cette autre espèce de largesses qui est un pur effet de la générosité, nos sympathies ne doivent pas être les mêmes pour des situations différentes. Autre est la cause de l'infortuné que le malheur accable, autre est celle de l'homme qui cherche à rendre meilleure une condition déjà bonne. La bienfaisance doit pencher de préférence vers le malheureux, à moins qu'il n'ait mérité son sort. Cependant s'il est des personnes qui demandent notre appui, non pour ne pas tomber, mais pour s'élever plus haut, nous ne devons pas leur fermer absolument notre bourse; mais il faut de la réflexion et du discernement pour ne l'ouvrir qu'au mérite. Car Ennius a fort bien dit : « Un bienfait mal placé, je l'appellerais un méfait. » Mais rendez service à un homme honnête et reconnaissant, vous en êtes payé doublement, et par lui, et par les autres. En effet, la libéralité, lorsqu'elle est éclairée, est la plus populaire des vertus; et on la loue d'autant plus volontiers, que la bonté des grands est l'asile commun de tous. Multiplions donc, autant qu'il est en nous, ces bienfaits dont le souvenir se transmet si fidèlement des pères aux enfants, qu'il n'est pas permis à ceux-ci d'être ingrats. Car l'ingratitude est haïe de tout le monde; et, comme elle décourage la générosité, chacun voit en elle un tort personnel, et dans l'ingrat l'ennemi commun des petits. Il est des actes généreux qui profitent même à la république, comme de racheter les captifs, d'enrichir des familles pauvres. Ces actes furent toujours dans les habitudes de notre ordre, ainsi que le démontre abondamment un discours de Crassus. Pratiquer de cette façon la bienfaisance vaut beaucoup mieux, selon moi, que de donner des jeux. L'un est le propre des hommes graves et magnanimes; l'autre est un moyen dont se servent les complaisants du peuple, pour flatter agréablement la légèreté de la multitude. Mais s'il convient de donner avec noblesse, il ne convient pas moins d'exiger sans dureté ce qui nous est dû. Dans les conventions de toute espèce, qu'il s'agisse de vendre ou d'acheter, de donner ou de prendre à loyer, dans les relations de voisinage et les questions de limites, il faut être équitable et facile, se relâchant beaucoup et souvent de son droit, fuyant surtout les procès, autant qu'il est permis de le faire, peut-être même un peu plus qu'il n'est permis. En effet, ce n'est pas seulement une action généreuse que de céder à l'occasion une partie de son droit; c'est encore, dans certains cas, un excellent calcul. On doit cependant prendre soin de sa fortune, qu'il serait honteux de laisser se dissiper, mais c'est à condition d'écarter tout soupçon de petitesse et d'avarice. Pouvoir se montrer libéral sans se dépouiller de son patrimoine, voilà certainement le plus beau fruit de la richesse. C'est encore avec raison que Théophraste fait l'éloge de l'hospitalité. Rien n'est plus beau, à mon avis, que de voir les maisons des hommes illustres ouvertes à d'illustres hôtes. Il est même à l'honneur de la république que les étrangers trouvent dans Rome ce genre de libéralité. Enfin, c'est un avantage considérable pour celui qui aspire à une grande et légitime influence, d'avoir par ses hôtes de la puissance et du crédit chez les nations étrangères. Théophraste rapporte que Cimon, à Athènes, exerçait l'hospitalité même envers ses compatriotes du bourg de Lacia, et qu'il s'était fait une règle, et avait prescrit à ses régisseurs de fournir aux besoins de tout Laciade qui voudrait s'arrêter dans sa maison de campagne.

XIX. Les services où l'on emploie son travail personnel, et non ses trésors, ont pour objet ou l'État ou les particuliers. Diriger les citoyens dans leurs procès, les conseiller dans leurs affaires, et, par ce genre de talent, se rendre utile à un grand nombre de personnes, voilà de puissants moyens d'augmenter son crédit et sa considération. Aussi nos ancêtres, admirables par tant d'endroits, le sont-ils encore pour la grande estime dont jouit toujours parmi eux la connaissance et l'interprétation d'un droit civil admirablement constitué. Avant la confusion de ces derniers temps, cette science était le patrimoine des chefs de la cité; maintenant, comme les honneurs, comme les distinctions de toute espèce, elle a perdu son éclat : perte d'autant plus regrettable, qu'elle a eu lieu dans un temps où vivait un jurisconsulte égal par le rang, supérieur par le savoir, à tous ses devanciers. Voilà donc un genre de services qui peut faire beaucoup d'amis, et enchaîner les cœurs par la reconnaissance. A côté de cet art se place le talent de bien dire, plus noble encore, plus populaire et plus brillant. Eh! que peut-on mettre au-dessus de l'éloquence, soit que l'on considère les transports de l'auditoire qui l'admire, ou l'espérance des clients qui ont recours à elle, ou la gratitude de ceux qu'elle a défendus? Aussi nos ancêtres lui ont-ils donné le premier rang parmi les arts de la paix. Celui donc qui parle bien, qui aime le travail, qui, fidèle aux mœurs de nos pères, prête de bonne grâce et gratuitement le secours de sa voix à des causes nombreuses, celui-là étendra au loin ses bienfaits et son patronage. Mon sujet m'entraînerait à déplorer ici l'éclipse fatale, pour ne pas dire l'anéantissement de l'éloquence, si je ne craignais que ma plainte ne parût intéressée. Mais, enfin, nous voyons quels orateurs ont cessé d'être; et que voyons-nous dans leurs successeurs? peu d'espérances, encore moins de talents, beaucoup de présomption. Sans doute tous les hommes, ni même un grand nombre, ne sauraient être ou jurisconsultes ou orateurs; cependant on peut rendre beaucoup de services en sollicitant pour les autres, en les recommandant aux juges et aux magistrats, en veillant à leurs intérêts, en leur procurant des conseils ou des défenseurs. C'est un moyen de se faire de nombreux amis et d'étendre beaucoup son influence. Il y a une précaution que le bon sens indique et qu'il est inutile de prescrire : c'est de ne pas offenser les uns pour obliger les autres. Car souvent on blesse des personnes qu'il n'est pas juste ou qu'il n'est pas bon de mécontenter. Si on le fait sans le savoir, c'est de la négligence; sciemment, c'est de la témérité. Quant à ceux qu'on aurait désobligés malgré soi, il conviendra de s'excuser en leur montrant la nécessité qui a fait agir, et pourquoi l'on n'a pu agir autrement; et il faudra qu'en toute autre chose le zèle et les bons offices compensent le tort dont ils pourraient se plaindre.

XX. D'ordinaire, lorsqu'on oblige, on a égard ou aux mœurs ou à la fortune. Or, il est facile de dire, et l'on dit tous les jours qu'en plaçant ses bienfaits, ce sont les mœurs et non la fortune que l'on considère. Ce langage est spécieux; mais quel est celui qui, dans les services qu'il rend, ne préfère à la cause de l'honnête homme pauvre le crédit de l'homme riche et puissant? C'est du côté qui nous promet une réciprocité de services plus certaine et plus prompte, que penche communément notre bonne volonté. Mais il faut examiner de plus près et voir le fond des choses. Ce pauvre, que nous supposons honnête homme, ne pourra peut-être pas vous payer de retour, mais il pourra du moins être reconnaissant. Or, quelqu'un a dit spirituellement, que celui qui a l'argent d'autrui ne l'a pas rendu, et que celui qui l'a rendu ne l'a plus; tandis qu'en fait de reconnaissance, celui qui s'est acquitté en a encore, et que celui qui en a est déjà quitte. Ceux au contraire qui se croient riches, honorés, heureux, ne veulent pas même se tenir pour obligés par un bienfait. Que dis-je? ils s'imaginent vous faire une grâce en recevant de vous un service, fût-il des plus importants; ils vous soupçonnent même de vouloir ou d'espérer d'eux quelque faveur: mais l'idée d'avoir eu un défenseur ou d'être appelés ses clients, pour eux, c'est la mort. Le pauvre, au contraire, bien persuadé que c'est à lui et non à sa fortune que le service est rendu, s'étudie à paraître reconnaissant, non-seulement aux yeux de son bienfaiteur, mais encore à ceux de quiconque peut lui donner de l'appui (car il a besoin de beaucoup de monde); et loin d'exagérer ce qu'il fait lui-même d'obligeant, s'il lui arrive de faire quelque chose, il en rabaisse le mérite. Une autre considération, c'est que si vous défendez un homme puissant et fortuné, lui seul, ou tout au plus ses enfants, vous garderont de la reconnaissance; mais si vous prêtez votre voix à un pauvre, pourvu qu'il soit probe et modeste, tous ceux de la même condition, qui ont de la probité (et le nombre en est grand parmi le peuple), verront en vous leur protecteur naturel. J'en conclus qu'un bienfait est mieux placé chez l'honnête homme que chez le riche. En général, il faut tâcher de satisfaire toutes les classes; mais, en cas de concurrence, le mieux est de se conformer à l'avis de Thémistocle. On lui demandait, à titre de conseil, à qui il donnerait plutôt sa fille, d'un honnête homme pauvre ou d'un riche de réputation équivoque: Pour moi, répondit-il, j'aimerais mieux un homme sans argent, que de l'argent sans homme. Mais l'habitude d'admirer les richesses a corrompu les mœurs et faussé les esprits. Eh! qu'importe à chacun de nous l'opulence d'autrui? Elle peut servir à celui qui la possède, et cela même n'a pas toujours lieu; mais supposons qu'elle lui serve, il en aura plus de jouissances: en sera-t-il plus honnête? S'il est homme de bien en même temps que riche, que sa fortune ne nous empêche pas de lui prêter notre appui, mais qu'elle ne nous y détermine pas. Bornons-nous à examiner, non quelle est sa richesse, mais quel est son mérite. Il est un dernier précepte qui doit nous régler dans nos bienfaits et dans nos services: c'est de ne rien prétendre contre l'équité, rien par des moyens injustes. Car le fondement d'une estime et d'une renommée durables, c'est la justice, sans laquelle rien ne peut être digne d'éloges.

XXI. Après avoir parlé des bienfaits dont les particuliers sont l'objet, il nous reste à traiter de ceux qui se rapportent à l'universalité des citoyens et à la république. Parmi ces derniers, quelques-uns sont de telle nature, qu'ils n'intéressent que la société; d'autres arrivent jusqu'aux individus, et ce sont les plus populaires. Ils doivent marcher ensemble, si cela est possible; et le bien des individus n'est pas ce qui doit nous occuper le moins, à condition toutefois que la république en retirera de l'avantage, ou du moins n'en sera pas lésée. Ce que fit C. Gracchus pour le blé fut une largesse immense, qui épuisait le trésor. La libéralité de M. Octavius fut modeste, proportionnée aux ressources de l'État et aux besoins du peuple : aussi fit-elle le bien des citoyens et celui de la république. Mais le premier devoir de l'homme chargé du gouvernement, est d'assurer le maintien des propriétés particulières, auxquelles l'autorité publique ne doit jamais porter atteinte. Philippus dit un mot très-dangereux dans son tribunat, lorsqu'il proposait une loi agraire (loi que, du reste, il laissa facilement rejeter, et en cela il se montra fort modéré); mais enfin, parmi beaucoup d'arguments qui s'adressaient aux passions populaires, il eut le tort de dire qu'il n'y avait pas dans Rome deux mille citoyens qui possédassent quelque chose : langage subversif, et qui allait droit au partage égal des biens, la plus funeste de toutes les calamités. En effet, c'est principalement pour que chacun pût conserver ce qu'il avait, que les sociétés et les États se sont formés. Car, bien que la nature conviât les hommes à se réunir, cependant ils songeaient à la sûreté de leurs propriétés, lorsqu'ils se sont renfermés dans des villes. On tâchera aussi d'échapper à une nécessité où se trouvèrent souvent nos ancêtres, à cause de la pauvreté du trésor et de la continuité des guerres, celle des tributs, contre laquelle il faudra se prémunir longtemps d'avance. Si quelque république est réduite à s'imposer ce fardeau (c'est un présage que j'aime mieux appliquer à d'autres qu'à nous, et, d'ailleurs, je parle en général de toute république, et non pas de la nôtre seulement), on s'efforcera de faire comprendre aux citoyens que, s'ils veulent être sauvés, le moyen, c'est d'obéir à la nécessité. Un autre devoir de tous ceux qui gouverneront les États, c'est d'y entretenir l'abondance des choses nécessaires à la vie. Ce qu'elles sont, et comment on se les procure, je n'ai pas besoin de le dire, tant la chose est connue; il suffisait de cette simple indication. Mais le point capital dans tout emploi, dans toute gestion des affaires publiques, c'est d'écarter jusqu'au moindre soupçon d'avarice. « Plût au ciel, dit le Samnite C. Pontius, que la fortune eût différé ma naissance, et m'eût réservé pour l'époque, si jamais elle arrive, où les Romains recevront des présents! j'aurais bientôt mis fin à leur empire. » Certes, il lui eût fallu attendre bien des générations, car c'est d'hier que cette peste a fait invasion dans la république. Aussi je ne suis pas fâché que Pontius ait vécu dans un autre siècle, s'il est vrai qu'il y eût eu en lui tant de force. Il n'y a pas cent dix ans qu'une loi sur les concussions a été portée par L. Pison, et ce fut la première. Depuis ce temps, que de lois, et d'une sévérité toujours croissante! Que d'accusés! que de condamnés! Quelle guerre allumée en Italie par la crainte des jugements! Quelles rapines, quelles déprédations commises sur nos alliés, dans le silence des lois et de la justice! Oui, si nous sommes forts, c'est de la faiblesse d'autrui; notre vertu n'y est pour rien.

XXII. Panétius loue le second Africain de son désintéressement; et pourquoi non? Mais il y avait dans l'Africain de plus grandes vertus. Le désintéressement était le mérite du siècle, aussi bien que de l'homme. Paul Emile s'empara de tous les trésors des Macédoniens, et ils étaient immenses: il versa tant d'argent dans les coffres de l'État, que le butin d'un seul général permit de supprimer les tributs; mais il n'en rapporta rien dans sa maison, si ce n'est un nom éternellement mémorable. L'Africain imita son père, et la ruine de Carthage n'ajouta rien à ce qu'il possédait. Et celui qui fut son collègue dans la censure, L. Mummius, fut-il plus opulent, après avoir détruit de fond en comble la plus opulente des cités (Corinthe)? Il aima mieux décorer l'Italie que sa propre maison; ou, pour mieux dire, il décora sa maison, en décorant l'Italie. Ainsi donc (pour revenir au point d'où nous sommes partis), il n'est pas de vice plus hideux que l'avarice, surtout dans les hommes qui sont à la tête de la société et qui gouvernent les États. En effet, ce n'est pas seulement une honte de trafiquer de la chose publique; c'est un acte criminel et impie. Ainsi, l'oracle par lequel Apollon Pythien déclara que Sparte ne périrait que par l'avarice me paraît-il applicable non-seulement aux Lacédémoniens, mais encore à toutes les nations opulentes. Rien, au contraire, n'est plus propre à gagner les cœurs de la multitude aux chefs d'un État, que le désintéressement et la retenue. Mais ceux qui veulent de la popularité, et qui, pour en acquérir, remuent la question des lois agraires, dont le but est de chasser les propriétaires de leurs foyers, ou proposent que les sommes prêtées soient abandonnées aux débiteurs, ceux-là ébranlent les fondements de la république : d'abord la concorde, qui ne peut subsister, lorsqu'on ôte aux uns pour donner aux autres; ensuite l'équité, qui périt tout entière, s'il n'est pas permis à chacun de conserver ce qu'il a. Car, je l'ai déjà dit : les États, les villes, existent spécialement pour assurer à tout homme la libre et tranquille possession de sa propriété. Et, en bouleversant ainsi la république, ces ambitieux n'obtiennent pas même la faveur populaire, objet de leur espérance. Celui qu'ils ont dépouillé de son bien est leur ennemi; celui auquel ils l'ont donné dissimule jusqu'à la bonne volonté qu'il avait de le recevoir; et c'est surtout le débiteur dispensé de payer qui cache sa joie, pour ne pas laisser croire qu'il était insolvable. Il n'en est pas ainsi de l'homme qui a souffert une injustice : celui-là s'en souvient; celui-là ne craint pas d'afficher son mécontentement. Et en vain ceux que l'iniquité a enrichis de ses dons sont-ils plus nombreux que les victimes qu'elle a dépouillées; ils ne sont pas pour cela les plus forts. Ici les éléments de force ne se comptent pas, ils se pèsent. Eh quoi ! un champ possédé depuis de longues années, ou même depuis des siècles, passera dans les mains de celui qui n'en eut jamais, et celui qui l'avait le perdra ! Est-ce là de l'équité?

XXIII. C'est pour une injustice de ce genre que les Lacédémoniens bannirent l'éphore Lysandre et tuèrent le roi Agis, premier exemple chez ce peuple d'un roi mis à mort. Les temps qui suivirent furent si pleins de discordes, qu'on vit des tyrans s'élever, la force chasser du pays les premiers citoyens, et la république la plus admirablement constituée se dissoudre. Et elle ne périt pas seule; avec elle tomba le reste de la Grèce, atteint par la contagion des maux qui, partis de Lacédémone, s'étendirent de proche en proche. Et nos Gracques, les fils de l'illustre Tibérius Gracchus, les petits-fils du premier Africain, n'est-ce pas leur chaleur à soutenir les lois agraires qui les a perdus? Aratus de Sicyone, au contraire, est l'objet de justes éloges. Depuis cinquante années, sa patrie était opprimée par des tyrans, lorsque, parti d'Argos pour Sicyone, il y entra secrètement, s'empara de la ville, et, après avoir surpris et tué le tyran Nicoclès, rendit à leurs foyers six cents exilés, autrefois les plus riches du pays, et par son arrivée affranchit la république. Mais, comme il trouvait dans la question des biens et des possessions une immense difficulté, parce qu'il lui paraissait souverainement injuste que les bannis qu'il avait ramenés, et dont les biens étaient passés dans des mains étrangères, fussent réduits à l'indigence, et que, d'un autre côté, il ne croyait pas fort équitable de remuer des possessions d'un demi-siècle, dont un grand nombre, après tant d'années, étaient tenues légitimement à titre ou d'héritage, ou d'achat, ou de dot, il jugea qu'il ne fallait ni dépouiller les nouveaux propriétaires, ni refuser aux anciens une juste satisfaction. Ayant donc reconnu que ces intérêts ne pouvaient se concilier qu'avec de l'argent, il fit savoir qu'il allait partir pour Alexandrie, et recommanda qu'on ne prît aucune décision jusqu'à son retour. Alors il se rendit en toute hâte chez Ptolémée, son hôte, qui régnait alors (c'était le second roi depuis la fondation d'Alexandrie); et après lui avoir exposé qu'il voulait sauver sa patrie, et l'avoir instruit de l'état des choses, cet homme éminent obtint sans peine de l'opulent monarque un secours d'argent considérable. Revenu à Sicyone avec la somme, il forma un conseil de quinze des principaux citoyens, avec lesquels il examina toutes les causes, et celles des détenteurs du bien d'autrui, et celles des propriétaires dépouillés; et il sut, en estimant chaque propriété, déterminer les uns à recevoir de l'argent, à condition de rendre le bien, et les autres, à trouver plus commode de toucher le prix de leur ancienne possession que de la recouvrer. Il obtint par là que la concorde se rétablît, et que tout le monde renonçât à la plainte. Homme vraiment grand, et qui aurait bien dû naître dans notre république! C'est ainsi qu'il convient d'agir avec des citoyens, au lieu d'aller, comme nous l'avons vu deux fois, dresser la pique dans le forum et vendre leurs biens à l'enchère. Le Grec Aratus, en homme sage et magnanime, pensa que tous avaient droit de sa part à la même sollicitude; et c'est, en effet, la perfection de la sagesse politique de ne pas faire de distinction entre les intérêts, et d'étendre sur tous les citoyens la protection d'une impartiale équité. On habitera gratuitement la maison d'autrui! Qu'est-ce à dire? J'aurai acheté, bâti, j'entretiendrai, je ferai des dépenses, et vous viendrez jouir de mon bien malgré moi! N'est-ce pas là ravir aux uns ce qu'ils ont, pour le donner aux autres! Et ces lois pour l'abolition des dettes, que signifient-elles, sinon que, lorsque vous aurez acheté de la terre avec mon argent, cette terre vous la garderez, et moi je ne reverrai pas mon argent?

XXIV. Il faut donc veiller à ce qu'il ne se contracte pas assez de dettes pour mettre la république en danger; et il y a plusieurs manières de prévenir ce malheur. Mais, s'il arrive, il ne faut pas que les riches perdent ce qui est à eux, et que les débiteurs profitent de ce qui est aux autres. En effet le plus solide appui de l'ordre public, c'est la confiance; or il n'en peut exister, s'il n'y a nécessité pour chacun de payer ses dettes. Jamais plus d'efforts ne furent faits que sous mon consulat pour échapper à cette obligation. Des hommes de toutes les conditions et de tous les ordres l'essayèrent à main armée. Je leur résistai si bien, que la république fut délivrée de ce redoutable fléau. Jamais les dettes ne furent plus considérables; jamais elles ne furent ni mieux ni plus facilement acquittées. Une fois qu'on eut perdu l'espérance de frauder ses créanciers, il fallut bien les payer. Mais le vainqueur d'aujourd'hui, qui fut alors un des vaincus, a exécuté son ancien dessein, quand il n'avait plus d'intérêt à le faire. Le mal avait pour lui tant d'attraits, qu'il le fit pour le seul plaisir qu'il y trouvait, sans s'inquiéter de la cause. Ceux qui dirigeront les affaires publiques s'abstiendront de cette espèce de libéralité qui donne aux uns en prenant aux autres. Surtout, ils feront en sorte qu'une équitable distribution de la justice assure à chacun son droit; que la mauvaise foi n'abuse point à son profit de la faiblesse du pauvre, et que le riche, qui veut conserver ou recouvrer son bien, n'en soit pas empêché par l'envie. Ils devront de plus, en paix comme en guerre, ajouter à la république tout ce qu'ils pourront de puissance, de territoire, de revenus. Voilà ce que doivent se proposer les hommes supérieurs; voilà ce qu'ils pratiquaient chez nos ancêtres. Ceux qui accomplissent de tels devoirs procurent à l'État les plus grands avantages, et acquièrent eux-mêmes beaucoup de crédit et de gloire. Parmi les préceptes sur l'utile, Antipater de Tyr, stoïcien, mort depuis peu à Athènes, pense que Panétius en a omis deux, le soin de la santé et celui de la fortune. Si ce grand philosophe les a passés sous silence, c'est, j'imagine, parce qu'ils sont faciles; toujours est-il qu'ils sont bons à connaître. La santé se conserve par la connaissance qu'on a de son tempérament, par l'attention à observer ce qui lui est bon et ce qui lui est contraire, par la modération dans le boire et le manger, et dans tous les autres soins qui ont pour objet le bien-être du corps, par l'éloignement des plaisirs, enfin par les secours des gens de l'art. Quant à la fortune, il faut la chercher par des moyens que l'honneur avoue, la conserver par la vigilance et l'économie, qui peuvent aussi aider à l'augmenter. Xénophon, disciple de Socrate, a fort bien traité ce sujet dans son livre intitulé l'Economique, que j'ai traduit du grec en latin, lorsque j'avais à peu près votre âge.

XXV. Mais la comparaison de l'utile avec l'utile, cette quatrième division que Panétius a omise, est souvent nécessaire. Ainsi l'on compare les avantages du corps avec les biens extérieurs, et ceux-ci avec les premiers, et séparément les uns et les autres entre eux. Si vous comparez les avantages corporels avec les biens extérieurs, vous préférerez la santé aux richesses; si vous comparez les biens extérieurs avec ceux du corps, vous aimerez mieux être riche que doué d'une grande vigueur. Dans le parallèle des avantages du corps entre eux, la santé l'emportera sur le plaisir, la force sur la vitesse; dans celui des biens extérieurs, on trouvera que la gloire vaut mieux que les richesses, des revenus à la ville mieux que des biens de campagne. Aux comparaisons de ce genre se rapporte un mot du vieux Caton. On lui demandait quelle était la première richesse d'un père de famille : de bons pâturages, répondit-il. La seconde? d'assez bons pâturages. La troisième? de mauvais pâturages. La quatrième? des terres labourables. Et prêter à usure? poursuivit le questionneur. Et tuer un homme? repartit Caton. Cet exemple et beaucoup d'autres prouvent que les choses utiles se comparent souvent entre elles, et qu'il convenait d'ajouter cette quatrième considération à la recherche des devoirs. Mais de toute cette matière de l'art d'amasser de l'argent, de le placer, je ne dirai pas d'en user, ces honnêtes gens qui siégent entre les deux Janus raisonnent plus savamment que ne font les philosophes dans aucune de leurs écoles. Toutefois ce sont des choses qu'il faut connaître; elles appartiennent à l'utile, qui était l'objet de ce livre; nous parlerons du reste dans le suivant.

LIVRE TROISIÈME.

Comparaison et lutte de l'honnête et de l'utile, ou théorie des collisions.

I. Publius Scipion, mon cher Marcus, celui qui le premier reçut le nom d'Africain, avait coutume de dire, au rapport de Caton, qui était à peu près de son âge, que jamais il n'était moins oisif que lorsqu'il avait du loisir, ni moins seul que lorsqu'il était seul. Parole admirable, et bien digne d'un grand homme et d'un sage! Elle nous apprend, qu'aux heures du repos, il songeait aux affaires, et que dans la solitude, il s'entretenait avec lui-même; en sorte qu'il n'était jamais inoccupé, et qu'il savait se passer des entretiens d'autrui. Ainsi deux choses qui, pour d'autres esprits, sont une cause de langueur, donnaient au sien de l'activité, le loisir et la solitude. Je voudrais bien pouvoir en dire autant de moi-même; mais si je ne peux m'élever par l'imitation à la hauteur de ce noble génie, l'intention du moins m'en rapproche beaucoup. Eloigné violemment des affaires publiques et des luttes judiciaires par des armes impies, je cherche le loisir; et pour le trouver, fuyant la ville et parcourant les campagnes, je suis souvent seul. Mais ni mon loisir n'est celui de l'Africain, ni ma solitude ne ressemble à la sienne. C'était pour se reposer des fonctions publiques les plus honorables, que ce grand homme prenait quelquefois du loisir, et la solitude était un port où il se réfugiait de temps en temps, pour échapper au bruit et à la foule. Mon loisir à moi, c'est le manque d'affaires qui me l'a imposé, et non le désir du repos. Qu'irais-je faire en effet, qui fût digne de moi, aux séances d'un sénat qui n'existe plus, dans un Forum d'où la justice est bannie ? Aussi, après une vie passée sur le plus brillant théâtre, et sous les yeux des citoyens, fuyant aujourd'hui l'aspect des scélérats que l'on rencontre partout, je me cache autant que cela m'est permis, et souvent je vis en solitaire. Mais comme j'ai appris, à l'école des sages, que de plusieurs maux il ne suffit pas de choisir les moindres, et qu'il faut encore en tirer le bien qui peut y être contenu, je jouis de mon loisir, tout différent qu'il est de celui auquel avait droit l'homme à qui la république dut jadis son repos; et je ne laisse pas languir cette solitude que m'a faite non mon choix, mais la nécessité. Du reste Scipion, je ne crains pas de l'avouer, eut un mérite bien plus grand que le mien; il n'existe en effet aucun monument écrit de son génie, aucun fruit de son loisir, aucune œuvre de sa solitude : d'où il faut conclure que c'est au mouvement de sa pensée, et à la recherche des vérités que ses méditations lui révélaient, qu'il dut de n'être jamais ni oisif, ni seul. Pour moi, qui n'ai pas assez de force d'esprit pour remplir par la méditation pure le vide de ma solitude, j'ai tourné toutes mes vues et tous mes efforts vers le travail de la composition. Aussi ai-je plus écrit en peu de temps, depuis la chute de la république, que je n'avais fait en beaucoup d'années, pendant qu'elle subsistait.

II. Quoique la philosophie tout entière, mon cher Cicéron, soit une terre fertile et productive, dont aucune partie n'est inculte et abandonnée, cependant il n'y a pas chez elle de matière plus féconde et plus riche que celle des devoirs, d'où se tirent les règles d'une vie honnête et constante en ses maximes. Ces règles, j'en suis assuré, vous les apprenez, vous vous en pénétrez chaque jour aux leçons de notre ami Cratippe, le prince des philosophes de ce siècle; et pourtant je crois utile que de tels enseignements arrivent de toutes parts à vos oreilles, et je voudrais qu'elles pussent n'entendre jamais d'autres paroles. Ces préceptes sont nécessaires à quiconque veut fournir une carrière honorable, et à vous, mon fils, peut-être plus qu'à personne. L'attente publique voit en vous le continuateur de mes travaux, ce qui n'est pas un petit engagement, de mes honneurs, ce qu en est un grand, de mon nom, ce qui est peut-être auss quelque chose. Athènes et Cratippe vous imposent d'ailleurs de graves obligations; et après un voyage d'où vous deviez rapporter la sagesse comme une précieuse marchandise, il serait honteux de revenir les mains vides, faisant affront tout ensemble à la réputation de la ville et à celle du maître. Tous les efforts dont votre âme est capable, faites-les donc; tout ce que peut un travail opiniâtre (si c'est un travail que d'apprendre, et non un plaisir), essayez-le courageusement; et quand aucun moyen de succès ne vous a manqué de ma part, ne méritez pas le reproche de vous être manqué à vous-même. Mais c'en est assez sur ce point; souvent, en effet, je vous ai écrit pour animer votre zèle. Passons maintenant à la dernière partie marquée dans notre division. Panétius, qui, sans contredit, a le mieux traité la question des devoirs, et que j'ai principalement suivi, en le corrigeant quelquefois, divise en trois chefs les considérations où les hommes ont coutume d'entrer, lorsqu'ils délibèrent sur ce qu'ils ont à faire. Premièrement, la chose dont il s'agit est-elle honnête ou honteuse? Ensuite est-elle utile ou nuisible? Enfin comment se décider, en cas d'opposition, entre ce qui a l'apparence de l'honnête et ce qui semble utile? Or, Panétius a discuté en trois livres les deux premières questions; quant à la troisième, il a promis de la traiter à son tour, et il n'a pas tenu sa promesse. Je m'en étonne d'autant plus que nous lisons dans Posidonius, son disciple, qu'il vécut encore trente ans après avoir publié son ouvrage. Je suis également surpris que Posidonius n'ait fait qu'effleurer ce sujet dans de simples notes, lui surtout qui déclare qu'il n'y en a pas d'aussi important dans toute la philosophie. Du reste, je ne suis pas de l'avis de ceux qui prétendent que Panétius ne l'a pas oublié, mais qu'il l'a omis à dessein, et qu'il n'avait nullement à s'en occuper, puisque jamais l'utile ne peut être opposé à l'honnête. De dire s'il fallait tenir compte de ce chef qui vient le troisième dans la division de Panétius, ou l'omettre entièrement, c'est ce qui peut souffrir quelque difficulté; mais ce qui ne peut faire l'objet d'un doute, c'est que Panétius s'est proposé d'en parler, et qu'il ne l'a pas fait; car lorsque des trois points d'une division, vous en avez traité deux, vous êtes nécessairement en reste du troisième. D'ailleurs, à la fin de son troisième livre, Panétius annonce qu'il va passer à cette troisième partie. A ces preuves se joint le témoignage imposant de Posidonius, qui écrit dans une de ses lettres que P. Rutilius Rufus, auditeur comme lui de Panétius, avait coutume de dire que, de même qu'il ne s'était pas trouvé de peintre pour achever, dans la Vénus de Cos, ce que la main d'Apelle n'avait qu'ébauché (car nul n'osait espérer que le reste du corps égalât jamais la beauté de la tête), de même personne n'avait entrepris de suppléer dans l'ouvrage de Panétius les parties que ce philosophe avait omises, à cause de la perfection de celles qu'il avait achevées.

III. On ne peut donc avoir aucun doute sur la pensée de Panétius; mais a-t-il bien fait, ou non, d'ajouter ce troisième point à ceux qu'il faut considérer dans la recherche du devoir, c'est ce que peut-être il est permis de mettre en question. Que l'honnête en effet soit le seul bien, comme le veulent les stoïciens, ou que, selon le sentiment de vos péripatéticiens, ce soit tellement le bien suprême, que tous les autres mis en balance ne pèsent presque rien, il est hors de doute que l'utile ne peut jamais entrer en concurrence avec l'honnête. Aussi lisons-nous que Socrate avait coutume de maudire ceux qui, les premiers, avaient séparé par l'opinion deux choses si étroitement unies par la nature. Et les stoïciens ont si bien partagé l'avis de Socrate, que, selon eux, tout ce qui est honnête est utile, et qu'il n'y a rien d'utile de ce qui n'est pas honnête. Que si Panétius était homme à dire que la vertu doit être cultivée à cause de l'utilité dont elle est la source, comme font ceux qui prennent pour mesure des choses désirables, ou le plaisir, ou l'absence de la douleur, il lui serait permis d'avancer que l'utile et l'honnête sont quelquefois en opposition. Mais comme il est de ceux qui ne trouvent bon que ce qui est honnête, et qui pensent que des avantages apparents qui répugnent à l'honnêteté ne rendent la vie ni meilleure, quand on les obtient, ni moins bonne, quand on les perd, il semble qu'il ne devait pas introduire une délibération où ce qui paraît utile serait comparé à ce qui est honnête. En effet, lorsque les stoïciens disent que le souverain bien consiste à vivre selon la nature, ils veulent dire, sans doute, à ne jamais s'écarter de la vertu, et à choisir, parmi les autres choses que la nature approuve, celles-là seulement que la vertu ne désavoue pas. En parlant de ce principe, quelques-uns pensent que la comparaison dont il s'agit ne devait pas être proposée, et qu'en général, il n'y avait sur ce point aucun précepte à donner. Et il est vrai que l'honnête, dans le sens exact et précis de ce mot, n'appartient qu'aux sages, et ne peut jamais être séparé de la vertu; mais si les hommes qui ne possèdent pas la perfection de la sagesse ne peuvent atteindre en aucune manière à cette honnêteté parfaite, il s'en peut trouver au moins en eux des ressemblances. En effet, les devoirs dont nous traitons dans cet ouvrage, et que les stoïciens appellent devoirs moyens, sont communs, d'une application étendue, et de ceux que beaucoup de personnes pratiquent par le seul effet d'un heureux naturel ou d'une bonne éducation ; tandis que le devoir que ces philosophes appellent *rectum*, la droite règle, est parfait, absolu, accompli de tout point, comme ils disent encore, et n'est à la portée de personne, excepté du sage. Or, lorsqu'une action s'est produite avec le caractère du devoir moyen, elle paraît suffisamment parfaite, parce que le vulgaire n'a pas une idée juste de la perfection, et que celle qu'il en a lui semble réalisée. C'est ainsi qu'en poésie, en peinture, et dans les autres arts, on voit des hommes, faute de s'y connaître, admirer et louer des ouvrages dépourvus de mérite, sans doute parce qu'il s'y trouve quelque chose de bon qui séduit leur ignorance, tandis que les mêmes hommes sont incapables de juger ce qu'il y a de mauvais. Aussi, lorsqu'ils sont éclairés par des connaisseurs, reviennent-ils facilement de leur illusion.

IV. Les devoirs qui font l'objet de cet ouvrage forment donc, selon les stoïciens, comme une honnêteté du second ordre, qui n'appartient pas exclusivement aux sages, mais qui leur est commune avec tout le genre humain, et à laquelle est sensible en effet toute âme née avec des instincts vertueux. Et certes, lorsque l'on cite les deux Décius et les deux Scipions comme des hommes courageux, lorsqu'on appelle justes Fabricius ou Aristide, on ne les donne pas comme modèles, ceux-ci de la justice du sage, ceux-là de sa force d'âme. Aucun d'eux ne fut un sage, dans le sens que nous attachons à ce mot. Ils ne furent pas des sages, ceux qui passèrent pour tels et en reçurent le nom, M. Caton et C. Lélius. Les sept eux-mêmes ne furent pas des sages; mais l'observation constante des devoirs moyens leur en donna les dehors et la ressemblance. Ainsi, ni l'honnête par excellence ne peut être comparé à l'utile qui lui serait contraire; ni cette honnêteté commune, qui est pratiquée par tous ceux qui tiennent à la réputation de gens de bien, ne peut jamais être mise en balance avec l'intérêt. Enfin l'honnêteté, qui tombe sous notre intelligence, doit être maintenue et respectée par nous aussi fidèlement, que le doit être par les sages l'honnêteté proprement dite, la véritable honnêteté. C'est le seul moyen de ne point perdre les pas que nous pouvons avoir faits dans le chemin de la vertu. Mais je parle ici des hommes qui, grâce à l'observation des devoirs, sont réputés honnêtes gens. Il en est d'autres qui pèsent tout au poids de l'intérêt, et qui ne veulent pas que l'honnêteté emporte la balance; ceux-là, dans leurs délibérations, ne manquent pas de comparer l'honnête avec ce qu'ils croient utile; les honnêtes gens ne le font jamais. Ainsi, lorsque Panétius a dit que les hommes avaient coutume d'hésiter dans cette comparaison, j'imagine que sa pensée n'a pas été au delà de ses paroles : il a dit qu'ils avaient coutume d'hésiter; il n'a pas dit qu'ils le devaient. En effet, lorsque, de deux choses, l'une semble utile et l'autre honnête, c'est la plus honteuse faiblesse, non-seulement de préférer la première, mais encore de les comparer entre elles et de balancer sur le choix. Quels sont donc les objets qui donnent quelquefois matière à un doute, et qui semblent mériter un examen? Ce sont, je crois, ceux dont la véritable nature ne nous apparaît pas avec certitude. Il est, en effet, des rencontres où ce qui d'ordinaire est considéré comme honteux se trouve ne pas l'être. Prenons un exemple d'une grande portée. Quel crime plus odieux que de tuer, je ne dis pas un homme, mais un homme qui est votre ami? S'est-il donc rendu criminel celui qui a tué un tyran, quoique son ami? Ainsi n'en juge pas au moins le peuple romain, qui, de toutes les belles actions, regarde cette action comme la plus admirable. L'utile l'a donc emporté sur l'honnête? non, mais l'honnête a entraîné l'utile à sa suite. Afin donc de pouvoir nous décider sans crainte d'erreur, dans le cas où ce que nous concevons comme honnête semblerait contraire à ce que nous appelons utile, il faut tracer une règle, qu'il suffira de suivre dans le choix que nous avons à faire, pour ne dévier jamais de la ligne du devoir. Or, cette règle sera parfaitement conforme aux principes et à la doctrine des stoïciens, que je suis de préférence dans cet ouvrage. En effet, quoique l'ancienne Académie[1], et vos péripatéticiens, qui autrefois ne formaient avec l'Académie qu'une seule et même école, préfèrent ce qui est honnête à ce qui semble utile, cependant il y a plus de grandeur dans le système d'après lequel tout ce qui est honnête est utile, et rien n'est utile de ce qui n'est pas honnête, que dans celui qui admet des choses honnêtes qui ne sont pas utiles, et des choses utiles qui ne sont pas honnêtes. Pour nous, notre Académie nous laisse une grande liberté, et les maximes qui me paraissent les plus probables, de quelque côté qu'elles viennent, j'ai tout droit de les défendre. Mais je reviens à la règle.

V. Le tort qu'on fait à autrui, les avantages que l'homme se procure au préjudice de l'homme, sont plus contraires à la nature que la mort, que la pauvreté, que la douleur, que tous les coups qui peuvent nous frapper dans notre personne ou dans ce qui est hors de nous. Et d'abord, de tels actes sont la destruction de cette communauté qui forme la vie sociale. En effet, si chacun de nous, pour un intérêt personnel, est toujours prêt à dépouiller son semblable ou à lui faire violence, le lien de la société humaine, ce premier vœu de la nature, sera nécessairement rompu. Supposez que chacun de nos membres eût ses vues particulières, et crût augmenter sa vigueur en attirant à lui la substance du membre voisin; l'affaiblissement et la destruction du corps tout entier seraient inévitables. De même, si chacun de nous entreprend sur les intérêts d'un autre, et s'empare pour soi-même de tout ce qu'il peut lui ôter, l'association

1. On sait que l'ancienne Académie eut pour chefs Platon, puis Speusippe et Xénocrate. Aristote, divisé sur quelques points avec Xénocrate, se retira dans le Lycée, et fut le chef des péripatéticiens. La moyenne Académie dut son origine à Arcésilas, qui introduisit le probabilisme, et la nouvelle se rattache à Carnéade. Mais Cicéron ne distingue pas entre la moyenne et la nouvelle.

qui unit les hommes entre eux ne peut manquer de périr. Que l'on aime mieux acquérir pour soi que pour autrui ce qui sert aux besoins de la vie, c'est un droit que la nature ne nous conteste pas; ce qu'elle ne saurait permettre, c'est que nous accroissions aux dépens des autres nos ressources, nos biens, notre puissance. Et ce n'est pas seulement la nature, c'est-à-dire le droit des gens, qui le veut ainsi[1]; il n'est pas de peuple chez lequel les lois constitutives de la cité n'interdisent à tout homme de chercher son bien dans le mal d'autrui. Quel est, en effet, le but des lois? Que veulent-elles, sinon le maintien du pacte social? Aussi prononcent-elles, contre ceux qui le brisent, la mort, l'exil, les fers, les amendes. Elle le veut encore plus impérieusement, cette raison naturelle, qui est la loi divine et humaine, loi dont le fidèle observateur (et elle sera observée de quiconque voudra vivre selon la nature), ne se permettra jamais de convoiter ce qui n'est pas à lui, ni de rien ôter à personne pour se l'approprier. En effet, la grandeur et l'élévation de l'âme, la douceur, la justice, la libéralité, sont beaucoup plus dans l'ordre de la nature que le plaisir, que la vie, que les richesses : toutes choses que méprisent et regardent comme un pur néant auprès de l'utilité commune tous les cœurs élevés et magnanimes. Mais dérober à son profit ce qui est à un autre, c'est un acte plus contraire à la nature que la mort, que la douleur, que les autres accidents de cette espèce. J'ajouterai qu'il est bien plus selon la nature de sauver, s'il est possible, ou de secourir des nations entières, au prix des plus rudes travaux et de peines infinies, à l'exemple de cet Hercule, que la reconnaissance des hommes a placé au rang des immortels, que de vivre dans la solitude, je ne dirai pas exempt de toute peine, mais jouissant de tous les plaisirs et comblé de tous les biens, dût-on joindre à tant d'avantages ceux de la force et de la beauté. Aussi les plus grands cœurs et les plus nobles esprits mettent-ils le premier genre de vie bien au-dessus du dernier. Il est donc vrai que l'homme qui obéit à la nature

1. *Tusc.*, I, XIII : *Omni autem in re consensio omnium gentium lex naturæ putanda est.* On voit, sans qu'il soit nécessaire d'y insister, que le droit dont parle Cicéron est le droit naturel, et non le droit des gens tel que l'entendent les modernes.

ne peut nuire à son semblable. Ensuite celui qui fait tort à un autre, pour se procurer quelque avantage, s'imagine sans doute, ou qu'il n'agit pas contre la nature, ou que la mort, la pauvreté, la douleur, la perte de ses enfants, de ses proches, de ses amis, sont plus à redouter que le malheur de commettre une injustice. S'il croit ne rien faire contre la nature, lorsqu'il attente aux droits d'autrui, à quoi bon discuter avec un adversaire qui dépouille l'homme de son caractère d'homme? S'il pense que l'injustice est un mal à éviter, mais qu'il en est de plus grands encore, tels que la mort, la pauvreté, la douleur, son erreur est de supposer qu'aucun des maux du corps, aucun des coups de la fortune puisse jamais être pire que les vices de l'âme.

VI. Nous devons donc nous proposer tous un seul et même but[1], c'est que l'intérêt des individus se confonde avec l'intérêt général, sur lequel les prétentions particulières ne sauraient usurper, sans que la société se dissolve. Je dis plus : si la nature veut que l'homme s'intéresse au bonheur de son semblable, quel qu'il soit, par la seule raison qu'il est homme, il s'ensuit nécessairement que, selon cette même nature, tous les intérêts sont communs. S'il en est ainsi, nous sommes tous régis par une seule et même loi naturelle; et si cette loi nous régit tous, il est certain qu'elle nous défend de nuire à personne. Or, le principe étant vrai, la conséquence est également vraie. C'est contre toute raison que certains hommes disent qu'ils se garderaient bien d'ôter quelque chose à un père ou à un frère pour en tirer profit, mais qu'avec le reste des citoyens, le cas n'est pas le même. Ils partent de l'idée qu'entre eux et leurs concitoyens il n'existe aucune relation de droit, aucune alliance fondée sur l'utilité commune; doctrine faite pour briser tous les nœuds de l'association qui constitue la cité. Quant à ceux

1. Voici la suite du raisonnement pour le commencement de ce chapitre : 1° Les hommes doivent viser à ce que l'intérêt d'un seul soit le même que celui de tous; ce premier principe est tiré de l'état de l'homme en société; 2° quand ils ne le voudraient pas, la nature elle-même a établi cette communauté d'intérêts; ce second principe est tiré de la nature même de l'homme. En résumé, le principe, c'est que tous les intérêts sont communs selon la nature; la conséquence, c'est que la loi naturelle nous défend de nuire à autrui.

qui disent qu'on doit tenir compte des citoyens, mais non des étrangers, ceux-là rompent l'association universelle du genre humain; et avec elle disparaissent sans retour la bienfaisance, la libéralité, la bonté, la justice. Or, anéantir ces vertus, c'est être impie envers les dieux eux-mêmes; car c'est détruire la société qu'ils ont établie entre les hommes, société dont le lien le plus fort est dans la foi à ce principe, qu'il est plus contraire à la nature de prendre pour soi ce qui est à autrui, que de subir toutes les disgrâces de la fortune, toutes les infirmités du corps et même celles de l'âme, qui ne seraient pas incompatibles avec la justice, cette vertu par excellence, la maîtresse et la reine de toutes les vertus. Quelqu'un dira peut-être : Mais le sage, sur le point de mourir de faim, ne pourra-t-il donc ravir un peu de nourriture à un autre homme, incapable d'aucune œuvre utile? Non certainement; car ma vie ne m'est pas plus utile, à moi, que la disposition morale, qui m'empêche de nuire à autrui, pour mon avantage personnel. Mais supposons un Phalaris, ce tyran cruel et impitoyable; si un honnête homme, pour ne pas mourir de froid, peut le dépouiller de son manteau, ne le fera-t-il pas? Ces questions sont faciles à résoudre. Un homme ne fût-il bon à rien, si vous lui ôtez quelque chose en vue de votre seul intérêt, vous violez la loi de l'humanité et de la nature. Mais si vous êtes capable de rendre à la république et à la société humaine des services signalés, en restant dans la vie, et que cette considération vous détermine à dérober quelque chose à un autre, vous ne serez pas répréhensible. Dans tout autre cas, c'est à chacun de supporter son infortune, plutôt que de toucher à la fortune d'autrui. La maladie, l'indigence, tous les maux semblables répugnent donc moins à la nature que l'action de ravir ou de convoiter ce qui n'est pas à nous. Mais l'abandon de l'utilité générale est aussi contre la nature, car il est injuste. C'est pour cela que la loi naturelle, qui est la garantie et le lien des intérêts humains, veut évidemment que les choses indispensables à la vie passent au besoin des mains de l'homme oisif et inutile dans celles du sage, du citoyen dévoué et courageux, dont la mort serait une calamité publique. Seulement, il ne faut pas que ce soit la bonne opinion qu'il a de lui-même, ou l'amour de sa conservation, qui le porte à faire une injustice. Sous cette réserve, il s'acquittera toujours de son devoir, lorsqu'il servira l'intérêt public, et cette communauté humaine que je rappelle sans cesse. Pour ce qui est de Phalaris, la décision est facile. Aucun pacte, en effet, ne nous lie avec les tyrans, ou plutôt tout nous en sépare; et il n'est pas contre la nature de dépouiller celui qu'il est honorable de tuer. C'est une race pernicieuse et impie qu'il faudrait exterminer du milieu des hommes. On ne craint pas de retrancher un membre que le sang et les esprits vitaux ont cessé de nourrir, et qui nuit aux autres parties du corps; pourquoi ces monstres, qui, sous une forme humaine, cachent toute la cruauté de la bête féroce, ne seraient-ils pas retranchés du grand corps de la société humaine? A ce genre de questions se rattachent toutes celles où les conjonctures influent sur le devoir.

VII. Ce sont là, je pense, les matières que Panétius aurait traitées, si quelque circonstance ou d'autres occupations n'avaient rompu son dessein. Pour éclaircir les doutes qu'elles font naître, on pourra déduire des deux livres précédents un assez bon nombre de préceptes, qui apprendront à discerner les choses qu'il faut fuir, à cause de leur caractère honteux, et celles qu'il est permis de ne pas fuir, comme n'étant pas absolument honteuses. Mais puisque j'ajoute, pour ainsi dire, le couronnement à l'œuvre que j'ai entreprise, et qui est presque achevée, je ferai comme les géomètres, qui ne démontrent pas tout, mais qui demandent qu'on leur accorde certains axiomes propres à faciliter leurs démonstrations. Je vous demanderai donc, mon cher Cicéron, de m'accorder, si vous le pouvez, que rien, excepté l'honnête, n'est désirable en soi; et si Cratippe ne vous permet pas cette concession, vous me concéderez au moins que ce qu'il y a de plus désirable en soi, c'est l'honnête. L'un ou l'autre me suffira. Ces deux probabilités se balancent dans mon esprit, et hors de là je ne vois rien de probable. Et d'abord, je dois remarquer, à la décharge de Panétius, qu'il n'a pas dit que l'honnête pût jamais être en opposition avec l'utile (ses principes ne le lui permettaient pas), il a dit seulement, avec l'apparence de l'utile. Du reste, il témoigne en vingt endroits qu'il n'y a rien d'utile qui ne soit honnête en même temps, et rien d'honnête qui ne soit utile; et il soutient que jamais fléau plus dangereux ne fit invasion dans le monde que la doctrine qui sépare ces deux choses. Aussi n'est-ce pas pour nous autoriser à préférer quelquefois l'utile à l'honnête, mais bien pour éclairer notre choix, dans le cas où un choix serait à faire, que ce philosophe admet une lutte possible en apparence, impossible en réalité. Cette partie de son plan qu'il a laissée intacte, je vais la remplir sans l'aide de personne, et en faisant, comme on dit, la guerre avec mes propres armes. Car depuis Panétius, rien qui me satisfasse n'a été dit sur cette matière, dans les écrits qui sont venus à ma connaissance.

VIII. Lorsqu'une apparence d'utilité nous est offerte, elle fait nécessairement impression sur nous. Mais si, après examen, vous reconnaissez à cette utilité prétendue le caractère d'une action honteuse, il faut alors, je ne dis pas renoncer à l'utilité, mais comprendre qu'une action honteuse ne peut jamais être utile. Que si rien n'est aussi opposé à la nature que ce qui est honteux (car la nature aime la rectitude, l'harmonie, la régularité, et repousse leurs contraires), si, d'un autre côté, rien n'y est aussi conforme que l'utile, assurément la même action ne peut être à la fois et utile et honteuse. De plus, si nous sommes nés pour l'honnêteté, et qu'elle seule soit désirable, comme le veut Zénon, ou qu'au moins elle l'emporte de tout son poids sur toutes les autres choses, selon le sentiment d'Aristote, il s'ensuit nécessairement, ou que l'honnête est le seul bien, ou qu'il est le bien suprême; or ce qui est un bien est certainement utile : donc tout ce qui est honnête est utile. L'erreur vient des hommes sans probité, dont l'imagination n'a pas plutôt saisi le fantôme de l'utile, qu'elle le sépare de l'honnête. De là, les poignards, les poisons, les testaments supposés; de là aussi les vols, le péculat, les rapines et la spoliation des alliés et des citoyens; de là, dans des fortunes insolentes, cette puissance qui révolte; de là enfin ces ambitions de régner qui s'élèvent au sein des États libres, et dont la pensée est ce qu'on peut concevoir de plus monstrueux et de plus détestable. Ces esprits dépravés ne voient que le profit des choses; le châtiment, je ne dis pas celui que les lois infligent (ils savent souvent échapper aux lois), mais celui qui s'attache à une conscience souillée, et qui est le plus cruel de tous, c'est là ce qu'ils ne voient pas. Il est donc une espèce d'hommes qu'il faut mettre ici hors de cause, comme une race scélérate et impie : ce sont ceux qui délibèrent s'ils se rangeront du côté où ils voient l'honnête, ou s'ils iront sciemment se souiller d'un crime. En pareil cas, le doute seul est coupable, quand même on n'irait pas jusqu'à l'acte. Il ne faut donc jamais délibérer sur une alternative où l'incertitude elle-même est déjà honteuse. Souvenons-nous aussi d'écarter de toute délibération l'espérance du secret, et l'idée que notre action sera ignorée. Nous devons être assez convaincus (pour peu que nous ayons fait de progrès dans la philosophie) que rien, pas même la certitude de tromper les regards des dieux et des hommes, ne peut autoriser un acte de cupidité, d'injustice, de débauche ou d'incontinence.

IX. C'est à ce propos que Platon met en scène le fameux Gygès. Une ouverture s'étant formée dans la terre à la suite de grandes pluies, cet homme descendit dans l'abîme, et y vit, si l'on en croit la tradition, un cheval de bronze aux flancs duquel était une porte. Il l'ouvrit, et aperçut un cadavre d'une taille plus qu'humaine, qui avait au doigt un anneau d'or. Il l'ôte et le met au sien ; puis, comme il était berger des troupeaux du roi, il va se réunir aux autres bergers. Là, chaque fois qu'il tournait le chaton vers la paume de la main, il devenait invisible, et lui-même voyait tout. On recommençait à le voir, lorsqu'il avait remis le chaton à sa place. A la faveur de cet anneau merveilleux, il séduisit la reine, et, secondé par elle, il tua le roi son maître, se défit de tous ceux qui lui faisaient ombrage, et consomma ces attentats sans que personne pût le voir. C'est ainsi qu'un anneau le fit soudainement roi de Lydie. Donnez au sage ce même anneau, il ne se croira pas plus libre de faire le mal que s'il ne l'avait point. C'est l'honnêteté et non le secret que cherche l'homme de bien. Et ici quelques philosophes, honnêtes gens sans contredit, mais un peu trop simples, objectent que le récit de Platon n'est qu'une fable inventée à plaisir; comme si Platon prétendait que la chose ait eu lieu, ou même qu'elle soit possible. Voici ce que signifient cet anneau et cet exemple : personne ne saura, personne ne soupçonnera même le mal que vous aurez pu faire par amour des richesses, du pouvoir, de la domination, des plaisirs; les dieux et les hommes l'ignoreront à jamais : dites, le ferez-vous? La supposition, répondent-ils, est impossible. Impossible ou non, je leur demande ce qu'ils feraient, si ce qu'ils déclarent impossible pouvait arriver. Leur obstination est vraiment stupide; ils nient que la chose puisse être, et ils s'en tiennent là. Ces hommes ne comprennent pas la valeur des mots. Quand nous leur demandons ce qu'ils feraient, s'ils pouvaient cacher leur faute, nous ne leur demandons pas s'ils peuvent la cacher. Nous les mettons pour ainsi dire à la question, afin que, s'ils répondent que, sûrs de l'impunité, ils prendraient conseil de leur intérêt, ils se reconnaissent par là capables de tous les crimes, ou que, s'ils font une réponse contraire, ils nous accordent qu'on doit fuir pour elle-même toute action honteuse. Mais revenons à notre sujet.

X. Il y a mille rencontres où l'apparence de l'utile nous jette dans une grande perplexité; comme lorsqu'il s'agit de savoir, non pas si l'on trahira l'honneur en vue d'un grand intérêt (la délibération même est coupable), mais si la chose qui semble utile se peut faire sans honte. Lorsque Brutus retirait à Collatin sa part de l'autorité, cet acte pouvait avoir un semblant d'injustice : Collatin s'était associé aux desseins de Brutus, et avait concouru avec lui à l'expulsion des rois. Mais les principaux de l'État ayant jugé nécessaire que toute la parenté du Superbe, le nom des Tarquins, et le souvenir de la royauté fussent proscrits de la république, l'utile, qui consistait à sauver la patrie, se trouvait être si honnête, qu'il devait agréer à Collatin lui-même. Ainsi l'utile prévalut en considération de l'honnête, sans lequel d'ailleurs il n'aurait pas existé. Mais l'action du roi qui fonda Rome n'a pas ce caractère. Une utilité apparente frappa son esprit; et comme il lui parut plus avantageux de régner seul que de partager l'empire, il tua son frère. Il oublia, lui, la nature et l'humanité, pour atteindre un but qu'il croyait utile, et qui ne l'était pas. Et cependant il allégua sa muraille franchie, motif qui n'a d'honnête que l'apparence, et qui n'était ni plausible ni suffisant. Il fit donc une mauvaise action, soit dit sans offenser ou Romulus ou Quirinus. Toutefois nous ne devons pas renoncer à nos avantages, ni les abandonner à autrui, quand nous avons besoin d'en user pour nous-mêmes; chacun doit veiller à ses intérêts, pourvu qu'il le fasse sans nuire à personne. Voici une belle pensée de Chrysippe, qui en a tant d'autres : « Un homme, dit-il, qui dispute le prix de la course doit employer pour vaincre tout ce qu'il a de vigueur et d'agilité; mais faire manquer le pied à son rival, ou l'écarter de la main, cela ne lui est pas permis. » De même, dans la vie, chacun a droit de chercher ce qui peut lui être utile; il n'a pas droit de l'enlever à autrui. Mais c'est surtout en amitié que les devoirs se heurtent et se confondent, puisqu'il est également contre le devoir de refuser à nos amis ce qui est légitime, et de leur accorder ce qui ne l'est pas. Du reste, dans toutes les questions de ce genre, la règle à suivre est simple et facile. Rien de ce qui paraît utile, comme les honneurs, les richesses, les plaisirs et les autres choses de cette espèce, ne doit en aucun cas prévaloir sur l'amitié. Mais sacrifier à ce sentiment l'intérêt public, le serment, la probité, c'est ce que l'honnête homme ne fera jamais, eût-il à juger son ami lui-même; car il dépouille le caractère d'ami, en revêtant celui de juge. Tout ce qu'il peut accorder à l'amitié, c'est de souhaiter que la cause de son ami soit bonne; c'est de lui donner, pour ce qui regarde le temps et la défense, toutes les facilités que les lois autorisent. Mais comme il doit prononcer sous la foi du serment, qu'il se souvienne qu'il a pris Dieu à témoin, c'est-à-dire, j'imagine sa propre conscience, qui est ce que Dieu a donné à l'homme de plus divin. Nos ancêtres nous ont appris une manière admirable, si elle était suivie, de solliciter un juge : qu'il fasse ce qu'il pourra faire sans blesser sa conscience. Cette formule a pour objet les faveurs que le juge, comme je viens de le dire, peut accorder honnêtement à son ami. Car s'il fallait faire tout ce que voudraient nos amis, ce ne seraient plus là des amitiés, ce seraient des conjurations. Je parle, au reste, des amitiés vulgaires ; entre hommes sages et parfaits, rien de pareil ne peut exister. Damon et Phintias, pythagoriciens, furent, dit-on, si dévoués l'un à l'autre, que le tyran Denys ayant condamné l'un d'eux au dernier supplice, et celui qui devait mourir ayant demandé quelques jours de délai, afin de pourvoir au sort de sa famille, l'autre se rendit caution pour lui, et prit l'engagement de le représenter, ou, s'il ne revenait pas, de mourir à sa place. Mais il revint au jour convenu; et le tyran, vivement frappé de cette fidélité mutuelle, les pria de l'admettre en tiers dans leur amitié. Lors donc qu'en amitié, ce qui semble utile se trouve opposé à ce qui est honnête, il faut que l'utilité prétendue succombe et que l'honnêteté l'emporte. Mais quand nos amis nous demanderont des choses qui ne sont pas honnêtes, la religion et l'équité devront passer avant l'amitié. Voilà le moyen de faire entre les devoirs ce choix éclairé qui est le but de nos recherches.

XI. C'est en politique surtout que l'apparence de l'utilité fait commettre bien des fautes. Tel fut le sac de Corinthe par nos aïeux. Telle et plus dure encore fut la conduite des Athéniens, qui firent couper les pouces aux Éginètes, à cause de leur puissance sur mer. Cette rigueur leur parut utile; Égine, en effet, par son voisinage, menaçait trop le Pirée. Mais rien de ce qui est cruel n'est utile : car la nature, qui doit nous servir de guide, n'a pas de plus grande ennemie que la cruauté. Ils agissent mal aussi, ceux qui ferment leurs villes aux étrangers et les chassent du pays, comme fit Pennus du temps de nos pères, et comme a fait récemment Papius. Qu'il ne soit pas permis à celui qui n'est point citoyen d'en exercer les droits, rien de plus juste; et ainsi le veut une loi de deux consuls pleins de sagesse, Crassus et Scévola. Mais interdire aux étrangers le séjour d'une ville, c'est de l'inhumanité. Des actes admirables sont ceux où une apparence d'utilité publique est sacrifiée à l'honneur. Notre patrie en a donné de nombreux exemples à toutes les époques, et particulièrement dans la seconde guerre punique, où, après la désastreuse journée de Cannes, elle se montra plus fière que dans ses plus grandes prospérités. Pas un signe de découragement; pas un mot qui eût rapport à la paix. Telle est la puissance de l'honnête, qu'elle fait évanouir jusqu'à l'apparence de l'utile. Les Athéniens, dans l'impossibilité où ils étaient de soutenir le choc des Perses, avaient résolu d'abandonner leur ville, de placer leurs femmes et leurs enfants en dépôt à Trézène, et de s'embarquer sur la flotte, afin de défendre avec leurs forces maritimes la liberté de la Grèce, lorsqu'un certain Cyrsilus, ayant voulu leur persuader de rester dans Athènes, et d'y recevoir Xerxès, fut lapidé par le peuple. Le conseil de cet homme semblait utile; mais il ne l'était pas, l'honneur le repoussait. Thémistocle, après l'issue glorieuse de la guerre contre les Perses, annonça dans une assemblée des Athéniens, qu'il avait un dessein d'un intérêt capital pour la république, mais qui ne pouvait pas être divulgué. Il demanda que le peuple lui donnât une personne à laquelle il pût en faire confidence ; Aristide fut désigné. Thémistocle lui dit que la flotte lacédémonienne, qui était rentrée aux chantiers de Gythium, pouvait être brûlée secrètement : ce qui ruinerait à coup sûr la puissance de Lacédémone. Après cette révélation, Aristide revint à l'assemblée, où l'on était impatient de l'entendre, et il déclara que le dessein conçu par Thémistocle était fort utile, mais fort contraire à l'honneur. Les Athéniens pensèrent que ce qui n'était pas honnête ne pouvait pas même être utile, et, sans avoir pris connaissance du projet, ils le repoussèrent tout entier, sur la seule parole d'Aristide. Ils agirent mieux que nous, qui ne demandons rien aux pirates, et chargeons d'impôts nos alliés.

XII. Qu'il demeure donc établi que rien de ce qui est honteux n'est jamais utile, et ne le serait pas, même quand le dessein que vous croyez tel réussirait : car de croire utile ce qui n'est pas honnête, cela seul est funeste. Mais, comme je l'ai dit plus haut, il est des rencontres où l'utile semble en désaccord avec l'honnête, auquel cas il faut examiner si l'opposition est réelle, ou si les deux choses peuvent se concilier. A ce genre appartiennent les questions suivantes. Supposez un honnête homme arrivant d'Alexandrie à Rhodes avec une cargaison considérable de blé, dans un temps où les Rhodiens, affamés par la disette, payent les vivres un prix excessif. Cet homme sait qu'un bon nombre de marchands ont quitté le port d'Alexandrie, et il a vu dans le trajet leurs vaisseaux chargés de grains se diriger vers Rhodes. Le dira-t-il aux Rhodiens, ou gardera-t-il le silence, afin de mieux vendre son blé ? C'est un sage, un homme de bien, que nous plaçons dans cette alternative; celui dont nous voulons connaître la décision et les motifs est incapable de rien cacher aux habitants de Rhodes, s'il le croit honteux; mais il doute si cela ne serait pas honteux. Dans les questions de cette nature, Diogène de Babylone, grave et célèbre stoïcien, et son disciple Antipater, dialecticien des plus habiles, sont d'avis opposés. Antipater veut que l'on dise tout, afin que l'acheteur n'ignore absolument rien de ce que sait le vendeur. Selon Diogène, le vendeur doit, autant qu'il y est tenu par le droit civil, déclarer les vices de sa marchandise; du reste, agir sans fraude, et puisqu'il vend, vendre le mieux possible. J'apporte mon blé, je l'expose en vente, je ne le vends pas plus cher que les autres; peut-être même le donné-je à meilleur marché que que tout autre, quand l'abondance est plus grande : à qui fais-je tort? Écoutons comme Antipater raisonne de son côté. Qu'avez-vous dit? Eh! quoi? lorsque vous devez faire le bien de vos semblables, et vous dévouer au service de la société humaine, lorsque la loi de votre naissance, lorsque les principes que la nature a mis en vous, pour être obéis et pour diriger votre conduite, exigent que votre utilité soit l'utilité commune, et que réciproquement l'utilité commune soit la vôtre, vous irez celer à des hommes les ressources et l'abondance qui sont à leur porte! Diogène répondra peut-être : il y a de la différence entre celer et se taire. Vous ne trouverez pas que je vous cèle en ce moment quelque chose, si je ne vous dis point quelle est la nature des dieux ou quel est le souverain bien, connaissances qui pourtant vous seraient plus avantageuses que le bas prix du froment; mais tout ce qu'il vous est utile de savoir, ce n'est pas une obligation pour moi de vous l'apprendre. C'en est une au contraire, dira l'autre, si vous n'avez pas oublié qu'il existe entre les hommes une association fondée par la nature. Je ne l'ai pas oublié, répliquera Diogène; mais cette association est-elle donc si étroite, que personne n'ait rien à soi? S'il en est ainsi, il ne faut pas même vendre; il faut donner.

XIII. Vous voyez que, dans toute cette discussion, l'on ne dit pas : Quoique la chose soit honteuse, cependant comme elle est utile, je la ferai; on dit qu'elle est utile sans être honteuse, et, dans l'autre système, c'est parce qu'on la trouve honteuse qu'on défend de la faire. Un honnête homme met en vente une maison à cause de certains défauts qu'il connaît, et que tout le monde ignore. Elle est malsaine, et on la croit salubre; on ne sait pas que, dans toute les chambres, il vient des serpents; la charpente est mauvaise, l'édifice ruineux; mais, excepté le maître, personne ne s'en doute. Je demande si le propriétaire qui n'avertirait pas les acquéreurs, et qui vendrait sa maison beaucoup plus cher qu'il ne s'y était lui-même attendu, ferait un acte injuste et déloyal. Assurément, dit Antipater; n'est-ce pas, en effet, refuser au voyageur égaré de lui montrer son chemin (délit que les Athéniens flétrissaient par des imprécations publiques), que de laisser un acheteur courir au précipice, et s'exposer, sans le savoir, à une perte énorme? C'est plus encore que de ne pas montrer le chemin; c'est induire sciemment un autre en erreur. Diogène répond : Vous a-t-il contraint d'acheter? Il ne vous y a pas même engagé. Il a mis en vente un bien qui ne lui plaisait pas; vous avez acheté un bien qui vous plaisait. Ceux qui font afficher : « maison de campagne bonne et bien bâtie, » ne sont pas accusés d'avoir trompé, quand même la maison ne serait ni bonne ni bâtie selon l'art; encore moins doit-il l'être, celui qui n'a pas fait l'éloge de la sienne. Quand le jugement de l'acheteur est libre, où pourrait être la fraude du vendeur? Et si l'on n'est pas responsable de tout ce que l'on a dit, comment le serait-on de ce que l'on n'a pas dit? Quelle folie à un vendeur que d'énumérer les défauts de la chose qu'il veut vendre! Et quoi de plus ridicule que d'entendre crier publiquement, par l'ordre d'un propriétaire : A vendre une maison malsaine? C'est ainsi que, dans certains cas douteux, on plaide d'un côté la cause de l'honnête, tandis que de l'autre, si l'on parle de l'utilité, c'est sous la réserve que la chose qui paraît utile sera de celles qu'on peut faire honnêtement, de celles même qu'il serait honteux de ne pas faire. Tels sont les points sur lesquels il arrive souvent que l'utile et l'honnête semblent divisés. Il faut vider le débat : car ce n'est pas pour agiter la question que nous l'avons posée; c'est pour la résoudre. Non, je ne pense pas que le marchand de blé ait dû celer ce qu'il savait aux Rhodiens, ni le propriétaire de la maison aux acheteurs. Et, si ce n'est pas celer ce qu'on sait que de le taire, on le cèle du moins lorsque, par un intérêt personnel, on le laisse ignorer à ceux auxquels il importe d'en avoir connaissance. Or, qui ne voit ce que c'est qu'une telle réticence, et de quel homme elle peut venir? Ce n'est certainement pas d'un homme ouvert, simple, juste, sincère, d'un honnête homme enfin. C'est plutôt le fait d'un esprit souple, dissimulé, astucieux, trompeur, malicieux, rusé, tout pétri de fourbe et d'artifice. N'est-ce pas un mal de se faire attribuer de pareilles qualités et d'autres non moins flétrissantes?

XIV. Que si la simple réticence mérite d'être blâmée, que penser de ceux qui ont parlé, mais pour mentir? C. Canius, chevalier romain, qui ne manquait ni d'esprit ni de lettres, étant allé à Syracuse, non pour affaires, disait-il, mais pour ne rien faire, parlait d'acheter une petite maison de plaisance, où il pût inviter ses amis et passer agréablement son temps loin des importuns. Sur le bruit qui s'en répandit, un certain Pythius, qui faisait la banque à Syracuse, lui dit qu'il avait une maison qui n'était pas à vendre, mais dont Canius pouvait disposer comme de la sienne, et en même temps il le pria d'y venir souper le lendemain. Canius accepte; alors Pythius, que sa qualité de banquier avait mis en crédit auprès des gens de tous les états, assemble chez lui les pêcheurs, les engage à pêcher le lendemain devant ses jardins, et leur prescrit ce qu'ils auront à faire. Canius est exact au rendez-vous; il trouve une table splendidement servie; une multitude de barques est devant ses yeux. Chacun apportait à l'envi ce qu'il avait pris; les poissons tombaient entassés aux pieds de Pythius. Canius alors de se récrier : Qu'est-ce que cela, Pythius, je vous prie? Eh! quoi? tant de poissons, tant de barques! Rien d'étonnant, répondit ce dernier; tout le poisson de Syracuse est dans ce lieu; on ne prend de l'eau qu'ici; ces gens-là ne sauraient se passer de ma maison. Aussitôt Canius se passionne; il presse son hôte de vendre. On commence par refuser; bref, il obtient. Riche et impatient d'acquérir, il achète la maison ce que veut Pythius, et il l'achète toute meublée. On passe écriture, et l'affaire est conclue. Le lendemain, Canius invite ses amis; il vient lui-même de bonne heure, et ne voit pas une rame. Il s'informe au plus proche voisin s'il ne serait pas fête pour les pêcheurs, qu'il n'en voyait aucun. Il n'est pas fête, que je sache, dit le voisin; mais jamais on ne pêche ici; et hier je me demandais avec étonnement ce qui était arrivé. Canius s'indigne; mais que faire? Aquilius, mon collègue et mon ami, n'avait pas encore publié ses formules sur le dol, au sujet desquelles, lorsqu'on lui demandait : Qu'est-ce que le dol? il répondait : C'est de feindre une chose et d'en faire une autre; explication lumineuse, et d'un homme qui sait définir. Pythius donc, et tous ceux qui font autre chose que ce qu'ils semblent faire, sont des gens artificieux, perfides, sans probité. Comment aucune de leurs actions pourrait-elle être utile, étant ainsi entachée des vices les plus honteux?

XV. Si la définition d'Aquilius est vraie, il faut bannir entièrement de la vie les faux semblants et la dissimulation; et jamais, ni pour mieux acheter, ni pour mieux vendre, l'honnête homme n'emploiera la feinte. Du reste, le dol était réprimé déjà par certaines lois, comme celle des douze Tables sur les tutèles, et la loi Plætoria sur les manœuvres frauduleuses pratiquées au préjudice des mineurs. A défaut de loi, il l'était par les jugements, à la formule desquels on ajoute D'APRÈS LA BONNE FOI. Et dans les autres jugements, quels sont les mots les plus saillants de la formule? C'est, dans l'arbitrage en matière dotale : CE QUI SERA LE MIEUX ET LE PLUS ÉQUITABLE; c'est dans les affaires de gages ou de fidéicommis : BIEN AGIR, COMME ON LE FAIT ENTRE HONNÊTES GENS. Quoi donc? Dans ces paroles, LE MIEUX, LE PLUS ÉQUITABLE, peut-il y avoir place pour la fraude? Et lorsque l'on dit, ENTRE HONNÊTES GENS, BIEN AGIR, peut on employer le dol et l'artifice? Or, le dol, comme le dit Aquilius, consiste à déguiser la vérité. Il faut donc bannir des transactions toute espèce de mensonge. Ni le vendeur ni l'acheteur ne s'entendront avec un enchérisseur fictif, et, s'ils s'abouchent pour conclure, l'un et l'autre n'auront qu'une parole. Quintus Scévola, fils de Publius, voulant acheter un bien, pria le vendeur de lui dire son dernier mot, et celui-ci l'ayant fait, Scévola dit qu'il l'estimait davantage, et ajouta cent mille sesterces. Personne ne nie que ce trait ne soit d'un honnête homme; qu'il soit d'un sage, on le nie, comme on ferait si Scévola eût vendu moins cher qu'il n'aurait pu vendre. Et voilà précisément la perte de toute morale : c'est qu'on distingue l'homme sage de l'homme honnête. De là cette parole d'Ennius, que « celui-là est sage en pure perte, qui ne sait pas l'être à son avantage, » parole qui serait vraie, si Ennius était d'accord avec moi sur le vrai sens du mot avantage. Je lis chez Hécaton de Rhodes, disciple de Panétius, dans les livres sur les devoirs qu'il adresse à Tubéron, que le sage, sans rien faire contre les usages, les lois, les institutions publiques, doit prendre soin de sa fortune. En effet, dit-il, ce n'est pas pour nous seuls que nous voulons être riches, c'est encore pour nos enfants, pour nos proches, pour nos amis, et principalement pour la république; car la fortune et le bien-être des particuliers font la richesse de l'État.

Voilà un philosophe auquel l'action de Scévola que je viens de rapporter ne plairait certainement pas; et en vérité, celui qui fait profession de pousser le désintéressement tout juste jusqu'à s'abstenir de ce qui est défendu ne mérite ni de grands éloges, ni beaucoup de reconnaissance. Au reste, si la feinte et la dissimulation constituent le dol, il faut convenir qu'il est bien peu d'actes où le dol n'ait quelque part; et si, d'un autre côté, l'honnête homme est celui qui rend autant de services qu'il peut, et ne nuit à personne, il est certain que cet honnête homme est difficile à trouver. Concluons qu'il n'est jamais utile de mal faire, parce que cela est toujours honteux, et qu'il est toujours utile d'être homme de bien, parce que cela est toujours honnête.

XVI. A l'égard des biens-fonds, le droit civil prescrit chez nous au vendeur de déclarer les vices qu'il connaît à l'immeuble mis en vente. La loi des douze Tables ne le rendait garant que de ceux qu'il avait énoncés formellement, et s'il en avait nié quelques-uns, elle le condamnait à payer le double du préjudice causé. Les jurisconsultes ont soumis à une peine la simple réticence; ils ont voulu que tout vice d'une propriété que le vendeur connaîtrait et ne dénoncerait pas expressément tombât à sa charge. Ainsi les augures, qui avaient à prendre les auspices dans la citadelle, ayant signifié à Tib. Claudius Centumalus, propriétaire d'une maison sur le mont Célius, l'ordre d'abattre les étages qui gênaient leurs opérations, Claudius afficha sa maison et la vendit. Elle fut achetée par P. Calpurnius Lanarius, qui reçut bientôt des augures la même injonction. Calpurnius obéit, et il apprit ensuite que Claudius n'avait mis sa maison en vente qu'après avoir été sommé de démolir. Alors il l'appela en justice, afin d'obtenir le dédommagement qui lui était dû D'APRÈS LA BONNE FOI. La sentence fut rendue par M. Caton, père de notre illustre Caton (car si les fils sont ordinairement désignés par le nom de leur père, celui qui donna le jour à un si grand homme le doit être par le nom de son fils). Ce juge prononça donc que le vendeur ayant connu l'ordre des augures, et ne l'ayant pas révélé, devait indemniser l'acquéreur. Ainsi la bonne foi exige, d'après cette décision, qu'il soit donné connaissance à l'acheteur de tout vice que le vendeur connaît. Si Caton a bien jugé, ni le marchand de blé, ni le propriétaire de la maison malsaine, n'ont bien fait de se taire. Mais les réticences de cette nature ne peuvent pas toutes être prévues par le droit civil; celles qui le peuvent être sont soigneusement réprimées. M. Marius Gratidianus, parent de notre famille, avait vendu à Caïus Sergius Orata une maison qu'il avait achetée du même Sergius peu d'années auparavant. Cette maison était grevée d'une servitude, et Marius ne l'avait pas dit en transmettant la propriété. L'affaire alla en justice. Crassus plaidait pour Orata, Antoine pour Gratidianus. Le premier, insistant sur le droit, voulait que le vendeur, qui connaissait cette condition onéreuse et ne l'avait pas déclarée, en fût responsable. Antoine, au nom de l'équité, soutenait que, la servitude n'étant pas ignorée de Sergius, qui lui-même avait vendu cette maison, Gratidianus n'avait rien à lui apprendre; qu'il n'était pas trompé, puisque, en achetant l'immeuble, il en connaissait les charges. Pourquoi ces exemples? Pour vous montrer que la finesse en affaires ne plut jamais à nos ancêtres.

XVII. Mais les lois et les philosophes en combattent diversement les ruses : les lois, dans les seuls actes où elles peuvent les saisir comme avec la main; les philosophes, partout où peuvent les atteindre la raison et l'intelligence. Or, la raison proscrit toute embûche, toute feinte, toute supercherie. Et l'embûche en est-elle moins dressée, parce que le chasseur a tendu ses toiles sans lancer la bête ou lui donner la chasse? Elle s'y jette bien d'elle-même et sans être poursuivie. Le chasseur, c'est vous qui annoncez une maison à vendre; vous posez l'affiche comme un filet; c'est pour les vices de la propriété que vous vendez, et vous attendez qu'un acheteur qui ne soupçonne rien se vienne prendre au piége! Ces manœuvres, grâce à la dépravation des mœurs, ne sont ni flétries par l'opinion, ni réprimées par la loi ou par le droit civil; mais elles sont interdites par la loi naturelle. En effet (je l'ai dit plusieurs fois, et je ne saurais trop le redire), il existe une première et vaste société qui embrasse tous les hommes. Une autre, plus restreinte, unit les hommes de la même nation; une plus étroite encore, ceux de la même cité. Aussi nos ancêtres ont-ils distingué le droit des gens du droit civil. Tout ce qui est de droit civil n'appartient pas pour cela au droit des gens; tout ce que prescrit le droit des gens doit, au contraire, être aussi de droit civil. Mais nous ne possédons pas l'expression réelle et sensible du véritable droit et de la justice absolue; nous n'en avons qu'une ombre et des images : heureux encore si nous les suivions, car elles émanent des parfaits modèles de la nature et de la vérité! Qu'elle est précieuse, en effet, cette formule : « de sorte qu'à cause de vous, et de la foi que j'ai en vous, je ne sois ni surpris ni lésé! » Et que cette autre est admirable : « comme il faut entre honnêtes gens bien agir et sans fraude! » Mais quels sont les honnêtes gens, et qu'est-ce que bien agir? c'est là une grande question. Q. Scévola, grand pontife, attachait la plus haute signification à tous les jugements à la formule desquels on ajoute : D'APRÈS LA BONNE FOI; à son avis, ce nom de bonne foi a une très-vaste portée, puisqu'il s'applique aux tutèles, aux sociétés, aux gages et fidéicommis, aux mandats, aux achats et ventes, aux conductions et locations, c'est-à-dire aux principaux actes de la vie civile; et dans ces matières, où la plupart du temps le défenseur a l'action réciproque, il faut un juge parfaitement éclairé pour déterminer exactement ce à quoi chaque partie est tenue envers l'autre. Bannissons donc à jamais les subtilités et cette finesse malicieuse qui voudrait se faire passer pour de la prudence, mais qui en est si éloignée et si différente. La prudence, en effet, consiste à discerner le bien d'avec le mal; tandis que la finesse (si tout ce qui n'est pas honnête est un mal) préfère le mal au bien. Mais ce n'est pas seulement en matière de biens-fonds que le droit civil, puisé dans la nature, réprime la ruse et la mauvaise foi. Il y a aussi dans la vente des esclaves une garantie contre les fraudes du vendeur. L'esclave est-il sain? est-il sujet à s'enfuir, prévenu de vol? Celui qui a dû le savoir en répond, d'après l'ordonnance des édiles. Si l'esclave provient d'héritage, le cas n'est pas le même. Toutes ces preuves démontrent que, la nature étant la source du droit, le vœu de la nature est que personne ne cherche à lever tribut sur l'ignorance d'autrui. Et certes, il est impossible d'imaginer rien de plus funeste à la société que la ruse parée des dehors de l'intelligence. C'est là ce qui fait naître ces innombrables conjonctures où l'utile semble en opposition avec l'honnête. Combien d'hommes, en effet, rencontrerez-vous qui, sûrs de l'impunité et du secret, s'abstiennent d'une injustice!

XVIII. Prenons, si vous le voulez, pour exemple, quelques-unes de ces actions que le commun des hommes croit peut-être innocentes. Car il ne s'agit pas ici d'assassins, d'empoisonneurs, de fabricateurs de faux testaments, de voleurs, de concussionnaires. Ce sont gens qu'on ne réprime pas avec des paroles et des raisonnements philosophiques : les fers et le cachot en viennent mieux à bout. Mais voyons les actes de ceux qu'on appelle honnêtes gens. L. Minucius Basilus était un homme riche dont on apporta de Grèce à Rome un faux testament. Pour le faire valoir avec plus de succès, les faussaires s'y étaient donné pour cohéritiers M. Crassus et Q. Hortensius, deux des hommes les plus puissants de ce temps-là. Ceux-ci soupçonnèrent bien la fausseté de la pièce; mais ils n'en étaient nullement complices, et cela leur suffit pour ne point refuser un léger bénéfice sur le vol d'autrui. Eh quoi ! cela suffit-il aussi pour qu'ils nous paraissent innocents? Je ne le pense pas, quoique ami de l'un, tant qu'il vécut, et sans haine pour l'autre, depuis qu'il est mort. Mais Basilus ayant voulu que son nom passât avec son héritage à M. Satrius, fils de sa sœur (je parle de celui qui, à la honte de ces temps désastreux, fut le patron du Picenum et du pays des Sabins), était-il juste que de puissants citoyens recueillissent la fortune, et que Satrius n'héritât que du nom? S'il est vrai en effet, comme je l'ai établi dans le premier livre, que c'est être injuste que de ne pas combattre et empêcher l'injustice quand on le peut, que penser de celui qui, loin de l'empêcher, y prête son concours? Pour moi, les hérédités même véritables ne me paraissent pas honnêtes, si elles ont été mendiées par des caresses insidieuses et par les empressements d'une feinte amitié. Or, c'est en pareille matière que l'on croit voir quelquefois d'un côté l'intérêt, l'honnêteté de l'autre. Illusion! Car la règle de l'utile est la même que celle de l'honnête. Celui qui n'en sera pas convaincu ne s'interdira aucune fraude, aucun attentat. En effet, cette pensée : Voilà l'honnête, mais voici l'utile, ne va pas à moins qu'à séparer par une erreur de l'esprit ce qui est uni par la nature; et c'est là le principe de toutes les fourberies, de toutes les mauvaises actions, de tous les crimes.

XIX. Oui; s'il suffisait à un honnête homme de faire

claquer ses doigts, pour que son nom se glissât dans les testaments des riches, il ne le ferait pas, quand même il aurait la certitude que personne n'en soupçonnerait jamais rien. Mais donnez à un Crassus le secret de se trouver, à l'aide d'un simple mouvement de doigts, nommé dans un testament où le testateur ne l'aurait pas inscrit, vous le verrez, croyez-moi, danser en plein Forum. L'homme juste, au contraire, l'honnête homme, tel que nous le concevons, n'ôtera rien à personne pour se l'approprier. S'étonner de ce désintéressement, c'est convenir qu'on ignore ce que c'est qu'un honnête homme. Cependant, qui voudrait dégager des replis de son âme la notion qu'ils recèlent, apprendrait de sa propre conscience que l'homme de bien est celui qui sert tous ceux qu'il peut servir, et qui ne nuit à personne, s'il n'y est contraint par une attaque injuste. Quoi donc! ce ne serait pas nuire, que d'employer une espèce de sortilége pour écarter les véritables héritiers et se mettre à leur place? Il faut donc, dira quelqu'un, sacrifier son avantage, manquer une bonne affaire? Non ; mais il faut comprendre qu'une affaire n'est ni bonne ni avantageuse, lorsqu'elle est injuste. Quiconque ignore cette vérité ne peut être un honnête homme. Le consulaire Fimbria, suivant ce que mon père nous racontait dans mon enfance, avait été donné pour juge à M. Lutatius Pinthia, chevalier romain des plus honorables, qui s'était engagé à prouver en justice qu'il était honnête homme. Fimbria lui dit qu'il ne prononcerait jamais dans une telle affaire, de peur d'enlever à un homme estimé sa réputation, s'il jugeait contre lui, ou de paraître établir qu'il existait un parfait honnête homme, malgré les innombrables devoirs et les mérites infinis dont cette qualité se compose. Or, cet homme de bien, dont la notion se révélait à Fimbria, et non pas seulement à Socrate, ne peut en aucune façon trouver utile une chose qui ne serait pas honnête. Aussi un tel homme ne se permettra pas une action, pas même une pensée qu'il ne puisse avouer publiquement. N'est-il pas honteux que des philosophes aient là-dessus des doutes que n'ont pas de simples villageois, comme le prouve un vieux proverbe qui est né parmi eux? Lorsqu'ils louent la probité et la candeur de quelqu'un, c'est un homme, disent-ils, avec lequel on pourrait jouer à la mourre dans les ténèbres. Que signifient ces paroles, si ce n'est qu'une affaire n'est jamais bonne, si elle n'est honorable, dût-elle réussir sans aucune contradiction? Voyez-vous bien maintenant qu'on ne peut excuser ni ce fameux Gygès, ni l'homme auquel je supposais tout à l'heure le pouvoir d'absorber tous les héritages par un simple mouvement de ses doigts? Oui, s'il est vrai qu'une action honteuse, quelque secrète qu'elle puisse être, ne pourra jamais devenir honnête, il est également vrai que ce qui n'est pas honnête ne saurait jamais être utile en dépit de la nature et contre ses lois.

XX. Mais, dira-t-on, un grand intérêt peut excuser certaines fautes. C. Marius, à une époque où il se voyait bien peu de chances d'être consul, et lorsqu'après sept ans d'oubli écoulés depuis sa préture, il n'y avait plus même d'apparence qu'il briguât jamais le consulat, fut envoyé à Rome par Q. Métellus, dont il était le lieutenant; et là, oubliant que cet homme illustre, ce grand citoyen, était son général, il l'accusa devant le peuple de traîner la guerre en longueur, et promit, si on le faisait lui-même consul, de remettre bientôt Jugurtha, mort ou vif, en la puissance du peuple romain. Marius fut donc fait consul; mais il s'écarta du devoir et de la justice, lorsque, sans respect pour les vertus d'un bon citoyen, dont il était le lieutenant et l'envoyé, il l'exposa par ses calomnies à la haine publique. Notre parent, Marius Gratidianus, ne remplit pas non plus le devoir d'un honnête homme, lorsque, pendant sa préture, les tribuns du peuple s'adjoignirent le collége des préteurs pour régler d'un commun accord l'affaire des monnaies. La valeur du denier était alors si flottante, que personne ne pouvait savoir ce qu'il possédait. Ils rédigèrent de concert un édit, avec sanction pénale et action judiciaire, et convinrent de monter ensemble dans l'après-midi à la tribune aux harangues. Là-dessus, chacun s'en alla de son côté, hormis Gratidianus, qui, de l'assemblée, courut droit aux Rostres et publia seul l'édit rédigé en commun. Cette action, si vous le demandez, le mit en grande faveur. Des statues lui furent dressées dans toutes les rues; à côté fumait l'encens, brûlaient des flambeaux. Bref, jamais homme ne fut plus cher à la multitude. Voilà de ces cas où l'esprit s'embarrasse quelquefois, en croyant voir, d'une part, une infraction assez peu grave aux lois de l'équité, et de l'autre un avantage considérable. Ainsi Gratidianus n'estimait pas qu'il fût très-honteux de ravir à ses collègues et aux tribuns du peuple leur part de la faveur populaire, et il lui paraissait fort utile d'obtenir par ce moyen la dignité de consul, objet de son ambition. Mais il est pour tous ces cas une seule règle, que je tiens à vous faire bien connaître : c'est de s'assurer que la chose que l'on croit utile n'est pas honteuse ; ou, si elle est honteuse, c'est de croire qu'elle n'est pas utile. Quoi donc ! Pouvons-nous reconnaître un honnête homme, ou dans le premier Marius ou dans celui-ci ? Consultez votre intelligence, ouvrez-en les replis, afin d'y chercher le type idéal et la notion de l'honnête homme. Un honnête homme est-il capable de mentir par intérêt, de calomnier, de supplanter, de tromper? Non, évidemment non. Y a-t-il donc un bien assez précieux, un avantage assez désirable, pour mériter qu'on lui sacrifie et la dignité et le nom d'honnête homme? Et que peut cette utilité prétendue vous apporter d'aussi grand que ce qu'elle vous ôte, si elle vous dépouille du titre d'homme de bien, si elle vous enlève la justice et la bonne foi? Que l'on passe en effet de l'état d'homme à celui de bête féroce, ou que, sous la figure humaine, on cache la férocité de la bête, où est la différence?

XXI. Et ceux pour qui la justice et l'honnêteté ne sont rien, pourvu qu'ils acquièrent du pouvoir, que font-ils autre chose que celui qui alla jusqu'à se choisir un beau-père dont l'audace pût le rendre puissant? Il voyait de l'avantage à posséder une autorité dont l'odieux retombait sur un autre; il ne voyait pas tout ce que cette politique avait d'injuste envers la patrie, de funeste, de honteux. Quant au beau-père, il avait toujours à la bouche deux vers grecs des Phéniciennes, que je traduirai comme je pourrai, peut-être sans élégance, de manière toutefois à en rendre le sens : « S'il faut violer la justice, c'est pour régner qu'il la faut violer; dans tout le reste soyez fidèle au devoir. » O condamnable pensée d'Etéocle, ou plutôt d'Euripide, qui du nombre des crimes excepte le plus affreux ! Eh ! qu'allons-nous ramasser ici de misérables délits, héritages volés, marchés où l'on trompe, ventes frauduleuses. Voici venir un homme qui a conçu le désir d'être le roi du peuple romain et le maître de toutes les nations, et qui est arrivé à son but. Quiconque tient pour honnête une telle ambition a perdu le bon sens ; il approuve le renversement des lois et de la liberté ; il glorifie celui qui les étouffe sous une monstrueuse et détestable oppression. Que si quelqu'un, tout en convenant qu'il n'est pas honnête de se faire roi d'une cité qui fut libre, et qui a droit de l'être, soutient que cela est utile à qui peut y réussir, par quelles paroles de blâme, ou plutôt de colère, essayerai-je de l'arracher à cette prodigieuse erreur? Se peut-il, dieux immortels! qu'il y ait un homme auquel soit utile le plus odieux et le plus effroyable des parricides, celui de la patrie, dût ce grand coupable recevoir des citoyens opprimés le glorieux nom de Père? C'est donc l'honnêteté seule qui doit être la mesure de l'utilité, à ce point que ces deux choses de noms différents se confondent pour nous dans une même idée. Je ne vois pas, à en juger comme le vulgaire, ce qu'il peut y avoir de plus utile que de régner; tandis qu'au point de vue de la vérité, je ne trouve rien qui le soit moins, pour celui qui s'est injustement saisi du pouvoir. De quelle utilité peuvent être, en effet, les angoisses, les inquiétudes, des jours et des nuits passés dans la crainte, une vie pleine d'embûches et de périls? « Beaucoup de malveillants et de traîtres, peu d'amis « fidèles, entourent la royauté, » dit Attius. Et quelle royauté? celle qui, transmise par Tantale et Pélops, était possédée au plus juste titre. Combien dut-il avoir plus d'ennemis ce roi qui, avec une armée du peuple romain, accabla le peuple romain lui-même, et réduisit une cité libre, une cité souveraine des nations, à subir ses lois! Quels durent être les tourments de sa conscience, les plaies de son âme! Et pour quel homme la vie peut-elle être un bien, lorsque telle est la condition de cette vie, que la reconnaissance publique et la gloire attendent quiconque l'en privera? Si donc les choses qui paraissent le plus utiles ne le sont point, à cause du déshonneur et de la turpitude dont elles sont entachées, vous devez être suffisamment persuadé qu'aucune chose n'est utile, à moins qu'elle ne soit honnête.

XXII. Cette vérité, consacrée par tant d'exemples, l'a été surtout, dans la guerre de Pyrrhus, par celui que donnèrent Fabricius, consul pour la seconde fois, et le sénat romain. Pyrrhus était agresseur, et dans la lutte avec ce roi brave et puissant, il s'agissait de l'empire. Un transfuge vint de son camp dans le nôtre, et promit au consul, s'il lui assurait une récompense, de retourner chez Pyrrhus aussi secrètement qu'il en était venu, et de l'empoisonner. Fabricius le fit reconduire à son maître, et cette action fut louée par le sénat. Or, à ne regarder que l'apparence de l'utile et l'idée qu'on s'en forme, un seul transfuge délivrait la république d'une grande guerre et d'un adversaire redoutable; mais quelle honte et quelle ignominie, qu'un rival de gloire eût été vaincu par le crime et non par la valeur! Lequel des deux était donc le plus utile, soit pour Fabricius, qui fut à Rome un second Aristide, soit pour notre sénat, qui jamais ne sépara l'utilité de l'honneur, de combattre un ennemi avec les armes ou avec le poison? Si c'est pour la gloire que l'empire est désirable, qu'on s'abstienne du crime, dans lequel il n'y a jamais de gloire; si c'est la puissance que l'on veut à tout prix, elle ne peut être utile avec l'infamie. Ce n'était donc pas un conseil utile que donnait L. Philippus, fils de Quintus, en proposant que les villes affranchies par Sylla en vertu d'un sénatus-consulte, et qui avaient payé cette faveur, redevinssent tributaires, sans qu'on leur rendît le prix de leur rançon. Le sénat suivit ce conseil, à la honte de l'empire! car des pirates montrent plus de bonne foi. Mais cette mesure grossit nos revenus : elle était donc utile. Jusques à quand osera-t-on dire qu'une chose est utile, lorsqu'elle n'est pas honnête? Quand tout empire doit avoir pour appui la gloire et l'affection de ses alliés, en est-il un auquel puissent être utiles la haine et l'infamie? Quoique ami de Caton, j'ai souvent pensé autrement que lui. Il me paraissait d'une excessive âpreté à défendre le trésor et les revenus publics. Il refusait tout aux fermiers de l'État, beaucoup aux alliés; tandis que nous aurions dû nous montrer généreux envers ceux-ci, et agir avec ceux-là comme chacun de nous agit avec ses propres fermiers, d'autant plus que cette union des deux ordres importait au salut de la république. Curion avait tort aussi, lorsqu'après avoir dit que la cause des Transpadans était juste, il ne manquait jamais d'ajouter ces mots : Que l'utilité l'emporte! Mieux eût valu dire qu'elle n'était pas juste, par cela même qu'elle n'était pas avantageuse à la république, que de la combattre comme désavantageuse, et d'avouer qu'elle était juste.

XXIII. Le sixième livre d'Hécaton sur les devoirs est

plein de questions comme celles-ci : Est-il d'un honnête homme, dans une extrême cherté de vivres, de ne pas nourrir ses esclaves? Il discute les raisons pour et contre; mais, en dernière analyse, il règle le devoir sur l'intérêt plutôt que sur l'humanité. Il demande si, pour alléger un vaisseau en péril, on doit jeter à la mer un cheval de prix ou un esclave de peu de valeur. Ici l'intérêt conseille une chose, l'humanité une autre. Un sot, dans un naufrage, s'est emparé d'une planche; si un sage peut la lui arracher, le fera-t-il? Non, dit le philosophe, car cela serait injuste. Et le maître du navire, reprendra-t-il son bien? Nullement, pas plus qu'en pleine mer il ne voudrait chasser un passager du vaisseau, parce que ce vaisseau est à lui. En effet, jusqu'à ce qu'on soit arrivé au lieu pour lequel on a pris passage, le navire n'est pas à son maître; il est aux passagers. Et s'il n'y a qu'une planche et deux naufragés, tous les deux sages? se la disputeront-ils, ou l'un doit-il la céder à l'autre? Elle doit être cédée, mais à celui dont la vie importe le plus ou à lui-même, ou à la république. Mais si toutes choses sont égales entre eux? Alors point de dispute : l'un des deux cédera spontanément, comme si le sort ou le jeu de mourre en avaient décidé. Et si un père fait métier de piller les temples, s'il pratique des souterrains pour voler le trésor, son fils le dénoncera-t-il aux magistrats? Ce serait une impiété; il doit même défendre son père, si un autre l'accuse. L'intérêt de la patrie ne passe donc pas avant tous les devoirs? Si vraiment; mais il importe à la patrie elle-même d'avoir des citoyens qui chérissent leurs pères. Et si un père aspire à la tyrannie, s'il cherche à trahir l'État, son fils se taira-t-il? Non sans doute, il suppliera son père de renoncer à un tel projet; si la prière ne réussit pas, il emploiera les reproches, les menaces même; à la fin, si l'existence de la république est compromise, il préférera le salut de la patrie à celui de son père. Hécaton demande encore si un sage qui, sans le savoir, aurait reçu pour bonnes des pièces fausses, pourrait, après s'en être aperçu, les passer lui-même en payement, comme si elles étaient bonnes. Diogène dit oui; Antipater dit non, et c'est à ce dernier avis que je me range. Un homme vend du vin qui n'est pas de garde, et il le sait; doit-il en avertir? Selon Diogène, il n'y est pas obligé; selon Antipater, c'est un devoir d'honnête homme. Ce sont là comme les points litigieux de la jurisprudence du portique. Lorsqu'on vend un esclave, doit-on déclarer ses défauts, je ne dis pas ceux qui, en cas de réticence, donnent lieu à l'action rédhibitoire, mais le mensonge, par exemple, le jeu, le larcin, l'ivrognerie? L'un pense qu'il faut parler; l'autre, qu'on peut se taire. Si une personne vend de l'or, en croyant vendre du cuivre, un acheteur honnête l'avertira-t-il que c'est de l'or, ou achètera-t-il un denier ce qui en vaut mille? On voit assez et quel est mon avis, et comment ces questions sont débattues entre les philosophes que j'ai nommés.

XXIV. Faut-il toujours exécuter les conventions et les promesses qui ne sont le fait, pour parler comme les préteurs, ni de la violence ni du dol? Supposez un malade auquel on ait donné un remède contre l'hydropisie, à la condition expresse que, s'il guérit, il n'en fera usage que cette fois seulement. Ce remède l'a guéri; mais au bout de quelques années la maladie est revenue, et il ne peut obtenir de celui avec lequel il avait traité la permission de s'en servir de nouveau. Que doit-il faire? Comme celui qui refuse cette permission est inhumain, et que d'ailleurs on peut s'en passer sans lui faire aucun tort, le malade verra ce qu'exigent sa vie et sa santé. Autre question : un sage est prié par une personne qui le fait son héritier, et lui lègue cent millions de sesterces, de danser en plein jour sur la place publique, avant de recueillir la succession qu'elle lui laisse, et ce sage promet de le faire, parce qu'autrement le testateur ne le nommerait pas héritier. Doit-il, ou non, tenir sa promesse? Je voudrais qu'il n'eût pas promis, et cela pour l'honneur de son caractère. Mais puisqu'il a donné sa parole, s'il tient pour honteux de danser dans le Forum, le mieux est de se dédire, en n'acceptant rien de l'héritage; à moins toutefois qu'il ne survienne quelque grande nécessité publique à laquelle il puisse appliquer ce trésor, en sorte que le service qu'il va rendre à la patrie lui permettra même de danser sans encourir la honte.

XXV. Il ne faut pas non plus accomplir les promesses qui nuiraient à ceux mêmes à qui on les a faites. Le Soleil (pour en revenir à la fable) promit à Phaéton, son fils, de lui accorder tout ce qu'il désirerait. Phaéton désira de monter sur le char de son père. Il y monta ; et l'imprudent, avant de pouvoir s'arrêter, périt consumé par la foudre. Combien eût-il mieux valu que son père n'eût pas tenu la parole qu'il lui avait donnée? Que dire de Thésée réclamant l'accomplissement des promesses de Neptune? Comme ce dieu lui avait permis de former trois souhaits, il souhaita la mort d'Hippolyte, son fils, qu'il soupçonnait d'un amour coupable pour sa belle-mère. Ce vœu fut exaucé, et Thésée tomba dans d'inconsolables douleurs. Que dire d'Agamemnon qui, s'étant obligé par un vœu d'immoler à Diane ce que son royaume verrait naître de plus beau dans l'année, immola Iphigénie, parce que, cette année-là en effet, rien n'était né de plus beau? Il valait mieux ne pas remplir sa promesse que de commettre une action si horrible. Il est donc telle promesse qu'il ne faut pas tenir, comme il est tel dépôt qu'il ne faut pas rendre. Si un homme sain d'esprit a déposé chez vous son épée, et qu'à l'époque où il la redemande, il soit en démence, la rendre serait une faute, la retenir est un devoir. Et si le propriétaire d'une somme d'argent qui vous est confiée vient à faire la guerre à la patrie, lui rendrez-vous son dépôt? Je ne le crois pas: ce serait agir contre la république, qui doit vous être chère par-dessus tout. Ainsi bien des choses qui, par nature, semblent honnêtes cessent de l'être par circonstance. Faire ce qu'on a promis, observer une convention, rendre un dépôt, sont des actes qui cessent d'être honnêtes, lorsqu'ils vont contre leur but. Je crois en avoir assez dit sur ces utilités prétendues qui se produisent en opposition à la justice, sous le masque de la prudence. Mais, puisque nous avons indiqué, dans le premier livre, quatre sources de l'honnête, d'où les devoirs découlent, c'est rester fidèles à notre plan que de montrer combien les choses qui paraissent utiles, sans l'être en effet, sont ennemies de la vertu. Or, nous avons déjà traité de la prudence, que la ruse essaye de contrefaire, et de la justice, qui est toujours utile. Restent deux parties de l'honnête, dont l'une se manifeste dans la grandeur et la force d'une âme élevée, l'autre dans la mesure et l'harmonie d'une conduite réglée par la tempérance.

XXVI. Il semblait utile à Ulysse de jouer la folie (si toutefois l'on en croit les poëtes tragiques, car Homère, la meilleure des autorités, ne dit rien qui autorise un tel soupçon), mais enfin les tragédies accusent Ulysse d'avoir voulu, en jouant la folie, échapper à la guerre. Ce dessein n'était pas honnête. Mais, dira-t-on peut-être, il était avantageux pour Ulysse de régner, de vivre en paix à Ithaque avec ses parents, auprès de sa femme et de son fils. Et quelle gloire peuvent donner des périls et des travaux chaque jour renaissants, qui soit comparable à cette vie tranquille? Je dis, moi, que cette vie est à mépriser et à fuir, puisque, à mon sens, n'étant pas honnête, elle ne peut pas non plus être utile. Eh! quels discours eussent retenti aux oreilles d'Ulysse, s'il eût persévéré dans sa feinte, lui qui, après d'admirables exploits, s'entend dire par Ajax : « Ce serment solennel qu'il fit le premier, vous le savez tous, lui « seul a osé le trahir. Il s'est couvert du masque de la « folie pour ne pas suivre l'armée; et si l'œil pénétrant de « Palamède n'eût deviné sa ruse audacieuse, il tromperait encore aujourd'hui les droits sacrés de la foi promise. » Oui : ce fut pour Ulysse un plus grand avantage de lutter non-seulement contre l'ennemi, mais contre les flots, ainsi qu'il le fit, que de déserter la cause de la Grèce, liguée pour faire la guerre aux barbares. Mais laissons là les fables et les exemples étrangers; passons à des faits réels et tirés de notre histoire. M. Atilius Régulus, consul pour la seconde fois, ayant été pris en Afrique, dans une embuscade dressée par le Lacédémonien Xanthippe, qui commandait sous Hamilcar, père d'Annibal, fut envoyé vers le sénat, après avoir promis par serment que, si l'on ne rendait pas aux Carthaginois certains prisonniers de distinction, il reviendrait lui-même à Carthage. Arrivé à Rome, une apparence d'utilité s'offrait à ses yeux; mais sa conduite prouve qu'il la jugea fausse; la voici : rester dans sa patrie, être chez lui avec sa femme et ses enfants, et, s'absolvant d'un revers qu'il imputerait au sort journalier des armes, tenir avec dignité son rang de consulaire. Qui peut nier que tout cela ne soit utile? qui? Le courage et la grandeur d'âme.

XXVII. Voudriez-vous de plus graves autorités? Le caractère de ces vertus est de ne rien craindre, de mépriser toutes les choses humaines, de penser que, parmi tous les accidents qui peuvent arriver à l'homme, il n'en est pas un qu'il ne puisse supporter. Que fit donc Régulus? Il vint au sénat;

il exposa l'objet de sa mission; requis de donner son avis, il s'y refusa, en disant que, tant qu'il serait lié par le serment fait aux ennemis, il n'était pas sénateur. Il alla même (ô l'insensé, va-t-on dire, ô l'homme ennemi de ses intérêts!) il alla jusqu'à nier qu'il fût à propos de rendre les captifs, qui étaient des hommes jeunes, de bons officiers, tandis qu'il n'était, lui, qu'un vieillard fatigué par les ans. Son autorité prévalut. Les prisonniers furent retenus, et lui-même reprit le chemin de Carthage, sans être arrêté par les douces affections de la patrie ou de la famille. Et cependant il n'ignorait pas qu'il allait se livrer à un ennemi cruel et à des supplices raffinés; mais il croyait devoir garder son serment. Aussi, pendant qu'il mourait dans les tourments d'une longue insomnie, il était moins à plaindre que s'il eût vieilli dans Rome, prisonnier de Carthage et consulaire parjure. Mais quelle folie de n'avoir pas conseillé le renvoi des captifs; bien plus, de s'y être opposé! Quelle folie, dites-vous? Et si le bien public le voulait ainsi? ce qui nuirait à l'État peut-il jamais être utile à un citoyen?

XXVIII. Les hommes renversent les lois fondamentales de la nature, en séparant l'utile de l'honnête. En effet, tous nous cherchons l'utile; tous nous sommes entraînés du côté où il se montre, et il ne dépend pas de nous qu'il en soit autrement[1]. Où est l'homme qui fuit ce qui est utile, ou plutôt qui ne court pas après avec ardeur? Mais cette utilité, nous ne pouvons la trouver nulle part, si ce n'est dans une conduite estimable, bienséante, honnête : aussi est-ce là que nous plaçons le premier des biens, le bien suprême, tandis que nous tenons ce qu'on nomme utile pour chose moins brillante que nécessaire. Après tout, dira quelqu'un, que voyez-vous donc dans le serment? Est-ce que nous craignons la colère de Jupiter? Mais il est un principe commun à toutes les écoles de philosophie, soit qu'elles enseignent que Dieu ne se met en peine de rien et ne cause de peine à personne, soit qu'elles le représentent

1. Cicéron ne dit point ici qu'on ne puisse pas résister à l'intérêt personnel, mais seulement qu'un instinct irrésistible nous porte vers ce qui nous est utile. Cette idée est nettement exprimée plus haut, I, IV, et III, VIII.

comme toujours agissant et toujours occupé : c'est que Dieu ne s'irrite jamais, que jamais il ne nuit. Et quel mal Jupiter en courroux eût-il pu faire à Régulus, qui surpassât le mal que Régulus se fit à lui-même? Il n'y avait donc ici aucun motif religieux qui dût prévaloir sur la grandeur de l'utilité. Craignait-il de commettre une action honteuse? D'abord, de deux maux, il faut choisir le moindre. Or la honte qu'il fuyait était-elle un mal comparable aux tortures qu'il endura? Ensuite ces paroles d'Attius : « As-tu assez violé ta foi? — Je ne l'ai donnée ni ne la donne à qui ne garde pas la sienne, » ces paroles, quoique dans la bouche d'un méchant roi, n'en sont pas moins frappantes. On ajoute que, s'il est, comme nous disons, des choses qui paraissent utiles sans l'être en effet, il peut bien y en avoir aussi qui semblent honnêtes, et qui ne le sont pas. Ainsi rien de plus honnête en apparence que d'être allé se remettre au bourreau pour tenir son serment; et au fond, rien de moins honnête, parce qu'il ne fallait pas donner force obligatoire à une convention imposée par la violence de l'ennemi. Enfin on va jusqu'à dire qu'un grand intérêt fait devenir honnête une chose qui auparavant ne le paraissait pas. Telles sont à peu près les objections qu'on adresse à Régulus. Voyons d'abord les premières.

XXIX. Il n'avait aucun mal à craindre de la colère de Jupiter, qui ne se met pas en colère et ne fait jamais de mal. — Ce raisonnement peut s'opposer à tous les serments, aussi bien qu'à celui de Régulus. Mais, dans le serment, ce n'est pas la crainte des suites, c'est la valeur de l'acte, qu'il faut envisager. Le serment est une affirmation religieuse. Or, ce qu'on promet affirmativement, comme sous l'œil de Dieu, il faut le tenir. Il y va, non de la colère céleste, qui est une chimère, mais de la justice, mais de la bonne foi. Car Ennius dit fort bien : « O foi sainte, déesse aux ailes rapides, serment de Jupiter! » Celui donc qui viole le serment viole la foi, cette foi que nous voyons au Capitole, où nos ancêtres, comme le dit Caton dans un de ses discours, voulurent qu'elle fût placée à côté de Jupiter très-bon et très-grand. — Mais Jupiter, même en colère, n'eût pas fait plus de mal à Régulus que Régulus ne s'en fit lui-même. Sans doute, s'il n'existait pas d'autre mal que la douleur. Or, bien loin d'être le plus grand des maux, la douleur n'est pas même un mal, si l'on en croit ce qu'affirment des philosophes d'une grande autorité; et ils ont pour eux non pas un témoin vulgaire, mais le plus grave peut-être de tous les témoins, Régulus, que l'on voudra bien, je pense, ne pas récuser. Où en trouverions-nous un plus irréprochable que le premier citoyen de Rome, qui, pour rester fidèle au devoir, va de son plein gré se livrer aux tortures? Quant à la maxime : de deux maux le moindre, c'est-à-dire la honte plutôt que le malheur, y a-t-il un mal plus grand que la honte? Que si la laideur physique a quelque chose de repoussant, combien la dégradation et les souillures d'une âme avilie doivent-elles choquer davantage! Aussi les partisans d'une morale rigide osent-ils avancer que ce qui est honteux est le seul mal qui existe; et ceux qui professent une doctrine moins absolue n'hésitent pas à dire que c'est le plus grand mal. Pour ce qui est de la réponse : « Je n'ai donné ni ne donne ma foi à qui trahit la sienne, » elle est bien placée dans le poëte, qui, faisant parler Atrée, a dû s'accommoder au personnage. Mais d'en conclure que la foi donnée à un perfide n'engage point, ne serait-ce pas, qu'on y prenne garde, ménager un faux-fuyant au parjure? La guerre a ses lois aussi; et l'on doit souvent garder avec un ennemi la foi du serment. Toute chose jurée avec la conviction qu'elle est moralement exigible doit être accomplie; hors de là, vous pouvez vous abstenir sans qu'il y ait parjure. Si, par exemple, vous n'apportez pas à des pirates la rançon convenue pour racheter votre vie, ce n'est pas un manque de foi, eussiez-vous promis avec serment ce que vous ne tenez point. Un pirate n'est pas un simple ennemi de guerre; c'est l'ennemi du genre humain tout entier : entre vous et lui, rien de commun, ni foi, ni serment. Dans le fait, tout faux serment n'est pas un parjure; mais ce que vous avez juré avec l'acquiescement de votre raison, suivant la formule consacrée parmi nous, ne pas le tenir, c'est se parjurer. « J'ai juré de bouche, je n'ai pas juré de cœur, » est fort bien dit chez Euripide; mais Régulus ne devait pas rompre à l'aide du parjure un accord conclu entre ennemis, sous la garantie des lois de la guerre. Car l'adversaire était de ceux qui sont avec nous en hostilité réglée et légitime, et qui ont des droits communs, tout le droit fécial et beaucoup d'autres.

S'il n'en était pas ainsi, jamais on n'aurait vu d'illustres citoyens enchaînés par ordre du sénat et livrés aux ennemis.

XXX. Et cependant T. Véturius et Sp. Postumius, consuls pour la seconde fois, qui, après un combat malheureux à Caudium, avaient laissé passer nos légions sous le joug et fait la paix avec les Samnites, furent livrés à ce peuple : ils avaient traité en effet sans l'ordre du sénat et du peuple romain. A la même époque, Tib. Numicius et Q. Mélius, alors tribuns du peuple, mais par le conseil desquels la paix avait été faite, furent également livrés, afin que Rome eût le droit de repousser la paix des Samnites. Et cette résolution qui livrait Postumius aux ennemis, ce fut Postumius lui-même qui la proposa et la fit prévaloir. Il fut imité, bien des années après, par C. Mancinus, qui pour être livré aux Numantins, avec lesquels il avait traité sans l'autorisation du sénat, soutint la loi que proposaient, d'après un sénatus-consulte, L. Furius et T. Atilius; la loi passa, et Mancinus fut livré : exemple bien plus honorable que celui de Q. Pompéius, qui, se trouvant dans le même cas, obtint par ses prières qu'une loi pareille fût rejetée. Ici l'utilité prétendue l'emporta sur l'honnêteté; chez les précédents, la fausse apparence de l'utile fut vaincue par l'ascendant de l'honnête.—Mais il ne fallait pas exécuter une promesse arrachée par la force! — Comme si la force pouvait rien sur un homme de cœur. — Pourquoi donc aller au sénat, et cela encore, pour y combattre le renvoi des prisonniers? — Vous blâmez ce qu'il y a de plus grand dans l'action de Régulus. Il ne s'en tint pas à son propre jugement; mais il se chargea d'une cause dont il voulut que le sénat fût juge. Et certes, sans l'autorité de ses conseils, les prisonniers retournaient à Carthage, et Régulus restait sain et sauf dans sa patrie. Mais l'intérêt de l'État lui parut s'y opposer; et c'est pour cela qu'il crut de son honneur de penser et de souffrir ce que nous savons. On dit encore : Ce qui est utile à un haut degré devient honnête. Dites plutôt, est honnête, ne dites pas, le devient. Car il n'y a rien d'utile que ce qui est honnête en même temps; et une chose n'est pas honnête, parce qu'elle est utile; elle est utile, parce qu'elle est honnête. Aussi parmi tant d'illustres exemples, il serait difficile d'en trouver un qui fût plus glorieux et plus noble que celui de Régulus.

XXXI. Du reste, dans ce beau dévouement, une seule chose est digne d'admiration : c'est le conseil qu'il donna de garder les prisonniers. Son retour à Carthage nous paraît admirable maintenant; dans ce temps-là, toute autre conduite était impossible. Aussi en doit-on faire honneur non à l'homme, mais au siècle. En effet, nos ancêtres ont voulu que de tous les liens qui enchaînent la foi, le serment fût le plus indissoluble. On en voit la preuve dans les lois des douze Tables; on la voit dans les lois sacrées; on la voit dans les traités, par lesquels on engage sa foi même à un ennemi; on la voit enfin dans les jugements et les notes des censeurs, qui ne prononçaient jamais avec plus de sévérité qu'en matière de serment. L. Manlius, fils d'Aulus, après avoir été dictateur, fut cité devant le peuple par le tribun M. Pomponius, pour avoir gardé la dictature quelques jours de trop. Le tribun lui reprochait en outre d'avoir séquestré du commerce des hommes et relégué à la campagne Titus son fils, qui depuis fut appelé Torquatus. Instruit de la querelle que l'on faisait à son père, le jeune homme, dit-on, accourut à Rome, et se rendit au point du jour à la maison de Pomponius, qui, averti de sa présence, et comptant sur les nouveaux chefs d'accusation que lui apportait sans doute un fils mécontent, quitta le lit, fit sortir tout le monde, et ordonna que le jeune homme fût introduit. Mais Titus, à peine entré, tire son épée, et menace le tribun de le tuer sur la place, s'il ne renonce par serment à poursuivre son père. Pomponius jure sous l'impression de la terreur; puis, il fait son rapport au peuple, explique le motif qui le contraint de se désister, et renvoie Manlius de l'accusation. Tant le serment avait alors de puissance! Ce Titus Manlius est le même qui, provoqué par un Gaulois, sur les bords de l'Anio, tua le barbare, et lui enleva ce collier auquel il dut son surnom; le même, sous le troisième consulat duquel les Latins furent battus et mis en fuite auprès du Véséris : homme remarquable entre les plus grands, et qui, pieusement généreux à l'égard de son père, fut pour son fils d'une impitoyable sévérité.

XXXII. Mais autant Régulus est louable par son respect pour la foi jurée, autant les dix hommes qui, après la bataille de Cannes, furent envoyés au sénat par Annibal, avec serment de revenir dans le camp dont les Carthaginois s'étaient rendus maîtres, s'ils n'obtenaient le rachat des prisonniers, autant, dis-je, ces dix hommes sont à blâmer, s'ils n'y revinrent pas. Le fait qui les concerne est diversement raconté. Selon Polybe, historien d'une autorité imposante, sur dix envoyés de la plus haute distinction, neuf revinrent, après avoir échoué auprès du sénat; un seul, qui, à peine sorti des retranchements, y était rentré sous prétexte d'avoir oublié quelque chose, resta à Rome. Son retour dans le camp l'avait, disait-il, délié de son serment. Vain subterfuge! la fraude aggrave le parjure; elle ne dégage pas la foi. Le calcul de cet homme n'était qu'une fausse habileté, indigne imitatrice de la prudence. Aussi le sénat ordonna-t-il que ce maître en fait de ruse et de finesse fût reconduit enchaîné au camp d'Annibal. Mais voici ce qu'il y a de plus grand. Annibal tenait prisonniers huit mille hommes, qu'il n'avait pas pris sur le champ de bataille, qui n'avaient pas fui pour échapper à la mort, mais qui avaient été laissés dans le camp par les consuls Paulus et Varron. Le sénat, qui pouvait les racheter à peu de frais, refusa de le faire, afin que nos soldats se pénétrassent de l'idée qu'il faut vaincre ou mourir. A cette nouvelle, selon le même Polybe, Annibal sentit défaillir son courage, en voyant le sénat et le peuple romain montrer, dans un si grand désastre, une telle hauteur d'âme. C'est ainsi qu'en présence de l'honnête s'évanouit le fantôme de l'utile. Acilius, qui a écrit notre histoire en grec, raconte que, parmi les dix envoyés, il y en eut plusieurs qui rentrèrent dans le camp, pour éluder leur serment par la même fraude que celui dont parle Polybe, et qu'ils furent ignominieusement flétris par les censeurs. Mais bornons ici cette partie de nos recherches. Il est clair en effet que les actions qui partent d'une âme timide, rampante, abattue, découragée (et telle eût été l'action de Régulus, si, dans son vote sur les captifs, il eût consulté son intérêt plutôt que celui de l'État, ou s'il fût resté à Rome par le seul droit de sa volonté), il est clair, dis-je, que ces actions ne sont pas utiles, puisqu'elles sont lâches, honteuses, flétrissantes.

XXXIII. Reste la quatrième partie de l'honnête, qui consiste dans la bienséance, la modération, la modestie, la retenue, la tempérance. Peut-il y avoir quelque chose d'utile dans ce qui serait contraire à cette imposante réunion de vertus? Cependant les sectateurs d'Aristippe, c'est-à-dire les philosophes cyrénaïques et ceux qu'on appelle annicériens[1], n'ont reconnu de bien que dans la volupté, et s'ils trouvent la vertu louable, c'est à cause du plaisir dont elle est la source. Leur vogue est passée, et à leur place fleurit Epicure, soutien et coryphée d'une doctrine à peu près semblable. Voilà des hommes qu'il nous faut combattre, comme on dit, à pied et à cheval, si nous voulons défendre et maintenir les droits de l'honnêteté. Car, s'il est vrai, comme l'a écrit Métrodore, que non-seulement l'utilité, mais le bonheur tout entier de la vie consiste dans une bonne constitution du corps, et dans la certitude qu'on en jouira toujours, certes une pareille utilité, qui est selon eux le bien suprême, sera en guerre avec l'honnêteté. Où la prudence, en effet, trouvera-t-elle sa place? Elle ira peut-être quêter partout des plaisirs? Etrange abaissement d'une vertu, devenue l'esclave de la volupté! Et à quoi emploiera-t-elle son discernement? A choisir les délices avec goût? En supposant que rien ne soit plus agréable, peut-on rien imaginer de plus honteux? D'un autre côté, si l'on fait de la douleur le plus grand des maux, quelle place donner à la force d'âme, qui est le mépris des souffrances et des fatigues? C'est en vain qu'à ce propos, comme en beaucoup d'endroits, Epicure débite sur la douleur des maximes assez courageuses ; il faut s'arrêter, non pas à ce qu'il dit, mais à ce qu'il devrait dire, pour être d'accord avec sa doctrine, d'après laquelle il n'y a de bien que la volupté, de mal que la douleur. C'est comme si je voulais l'entendre sur la retenue et la tempérance. Sans doute, il ne se fait pas faute d'en parler, et en bien des endroits; mais l'eau lui manque, comme on dit. Comment, en effet, peut-on louer la tempérance, lorsqu'on prend la volupté pour le souverain bien? La tempérance n'est-elle pas l'ennemie des passions, et les passions amantes de la volupté? Du reste, sur ces trois vertus, ils équivoquent de leur mieux, et non sans adresse. Ils admettent la prudence, comme une science qui procure les

1. Les annicériens, c'est-à-dire les disciples d'Annicéris, cinquième chef de l'école d'Aristippe, et qui, comme son maître, plaçait le souverain bien dans le plaisir, mais qui ne reconnaissait pas de plaisir hors de la vertu.

plaisirs, écarte les douleurs. Ils s'en tirent également d'une façon quelconque avec la force, en disant qu'elle fournit le moyen de mépriser la mort et d'endurer la souffrance. Ils donnent même un rôle à la tempérance, difficilement sans doute, mais aussi bien qu'ils le peuvent : ils disent que la volupté suprême n'est que l'absence de la douleur. La justice les embarrasse, ou plutôt ils la laissent de côté, comme toutes les vertus qui sont le lien de la société humaine. En effet, ni la bonté, ni la libéralité, ni la douceur, ne peuvent exister, non plus que l'amitié, si, au lieu de les rechercher pour elles-mêmes, on les rapporte au plaisir ou à l'intérêt. Renfermons-nous en peu de mots : nous avons montré que rien n'est utile de ce qui est contraire à l'honnête; nous disons maintenant que la volupté y est toujours contraire. Aussi ne puis-je assez blâmer Calliphon et Dinomaque[1], qui ont cru terminer le débat en associant la volupté avec l'honnêteté, c'est presque dire la brute avec l'homme. L'honnêteté n'admet pas une telle union, elle la dédaigne, elle la repousse. Et certes, le souverain bien, qui doit être une chose simple, ne peut se former du mélange d'éléments incompatibles. Mais cette question (et c'en est une grande), je l'ai traitée amplement ailleurs. Je reviens à mon sujet. Les principes qui doivent régler notre décision, lorsqu'une chose utile en apparence répugne à l'honnêteté, sont exposés plus haut avec assez d'étendue. Or, quand on dirait que la volupté a du moins l'apparence de l'utile, elle ne peut avoir rien de commun avec l'honnête. Et, pour ne pas lui refuser tout, peut-être sera-t-elle un assaisonnement aux choses de la vie; mais de l'utilité, elle n'en aura jamais. Voilà, mon cher fils, le présent que vous offre un père; la valeur en est grande selon moi; elle dépend néanmoins de la manière dont vous le recevrez. Du reste, c'est à titre d'hôtes que vous devrez admettre ces trois livres parmi ceux où vous recueillez les leçons de Cratippe. Mais sans doute, si j'étais allé en personne à Athènes (et je l'aurais fait, si la patrie ne m'eût rappelé à haute voix du milieu de ma course), vous m'auriez aussi entendu quelquefois; eh bien! vous donnerez

1. Deux philosophes contemporains de Carnéade, qui mettaient le souverain bien dans l'alliance du plaisir avec la vertu. Voy. Cicéron, *de Fin.*, V, VIII; *Tusc.*, V, XXX, et *Acad.*, II, XLV.

à cet écrit, qui vous porte mes paroles, tout le temps que vous pourrez, et ici vouloir, c'est pouvoir. Lorsque je saurai que ce genre de connaissances vous plaît, j'en parlerai avec vous et de vive voix (j'espère que ce sera bientôt), et de loin, tant que vous serez éloigné. Portez-vous bien, mon cher Cicéron, et persuadez-vous que vous m'êtes très-cher, mais que vous me serez bien plus cher encore, si vous faites vos délices des ouvrages où sont déposés de tels enseignements.

On trouve à la même librairie :

[illegible] Manuel complet et méthodique des [illegible] au Baccalauréat ès Lettres, rédigé d'après le [illegible] programme de 1849, par *M. Emile Lefranc*, de [illegible] [illegible] normale, agrégé des classes supérieures des [illegible] ancien professeur au collège Rollin, avec la [illegible] [illegible] de plusieurs membres de l'Université ; [illegible] [illegible] vol. grand in-18, avec cartes et figures [illegible] livraisons, qui se vendent séparément.

Nouveau Memento méthodique des Aspirants au [illegible] lauréat ès Lettres, rédigé d'après le programme [illegible] par *M. Emile Lefranc*, nouv. édition, 1 vol. grand [illegible]

Recueil de Versions Latines, à l'usage des aspirants [illegible] Baccalauréat ès Lettres, pour les préparer à l'épreuve [illegible] la composition écrite, textes et traductions, par *M. [illegible] Lefranc*, 3e édition, 1 vol. grand in-18.

Nouvelle Bibliothèque Philosophique des Aspirants [illegible] Baccalauréat ès Lettres, Collection des ouvrages [illegible] [illegible] d'ouvrages philosophiques prescrits pour cet examen, *accompagnés d'analyses développées* et d'appréciations critiques, etc., publiée par *M. Emile Lefranc*, avec la collaboration de plusieurs membres de l'Université, format grand in-18. — Chaque ouvrage se vend séparément.

Nouvelle Bibliothèque Française des Aspirants au Baccalauréat ès Lettres, Collection des ouvrages et extraits d'ouvrages des auteurs français prescrits pour cet examen, *accompagnés de notes explicatives*, littéraires [illegible] ques, et précédés d'analyses développées et d'app[illegible] littéraires, publiée par *M. Emile Lefranc*, avec [illegible] ration de plusieurs membres de l'Université, form[illegible] in-18. — Chaque ouvrage se vend séparément.

Nouvelle Bibliothèque Latine des Aspirants au Baccalauréat ès Lettres, Collection des ouvrages et extraits d'ouvrages des auteurs latins prescrits pour cet examen, *expliqués en français*, d'après une méthode nouvelle, à l'aide d'une *traduction intralittérale* présentant le mot à mot tel qu'il est demandé à l'examen, et précédée du texte latin, d'analyses développées et d'appréciations littéraires, publiée par *M. Emile Lefranc*, avec la collaboration de plusieurs membres de l'Université, format grand in-18. — Chaque ouvrage se vend séparément.

Nouvelle Bibliothèque Grecque des Aspirants au Baccalauréat ès Lettres, Collection des ouvrages et extraits d'ouvrages des auteurs grecs prescrits pour cet examen, *expliqués en français*, d'après une méthode nouvelle, à l'aide d'une *traduction intralittérale* présentant le mot à mot tel qu'il est demandé à l'examen, et précédée du texte grec, d'analyses développées et d'appréciations littéraires, publiée par *M. Emile Lefranc*, avec la collaboration de plusieurs membres de l'Université ; format grand in-18. Chaque ouvrage se vend séparément.